U T A O V E R

So verstehst du dein Pferd

SCHNEIDER BUCH

Nicole Uphoff und Rembrandt Borbet, zweifache Goldmedaillengewinner bei den Olympischen Sommerspielen in Barcelona 1992

Zu diesem Buch

Das Vertrauen eines Pferdes zu gewinnen, ist etwas Wunderbares.

Leider sind Pferde, die den Menschen wirklich vertrauen, sehr selten: Wie viele leiden unter dem mangelnden Verständnis ihrer Besitzer und Reiter! Eingesperrt in enge Boxen, fristen sie unter Bedingungen ihr Dasein, die ihrem natürlichen Herden- und Fluchtverhalten zutiefst zuwiderlaufen.

Schuld daran sind Menschen, die zu wenig über die Verhaltensweisen und Bedürfnisse von Pferden wissen. Denn wer sein Pferd versteht, der hält und behandelt es auch so, daß es sich wohl fühlt.

Egal, ob Ihr mit Eurem geliebten Vierbeiner gemütliche Ausritte machen wollt, ob Ihr es im Springen oder in der Dressur zu etwas bringen wollt: das richtige Verständnis des Pferdes ist die Grundvoraussetzung für ein harmonisches Miteinander!

Das vorliegende Buch kann den direkten Kontakt mit Pferden natürlich nicht ersetzen. Aber es kann Euch helfen, das Verhalten Eurer Vierbeiner zu verstehen und zu lernen, richtig mit ihnen umzugehen.

Man kann Pferde zu vielem zwingen. Richtig gut mitarbeiten wird ein Pferd aber nur dann, wenn es Vertrauen zu seinem Reiter hat. Denn Autorität darf nichts mit Zwang zu tun haben!

Auch wenn man – wie ich – schon lange reitet und erfolgreich ist, tauchen immer wieder Probleme mit Pferden auf. Das ist kein Grund zum Verzweifeln: Durch Beobachten und Nachdenken kann man die Ursache des Problems herausfinden – und abstellen! Im Umgang mit Pferden lernt man eben nie aus – unsere lieben Vierbeiner sorgen immer mal wieder dafür, daß wir das nicht vergessen ...

Viel Freude mit Euren Pferden wünscht Euch

Eure

Nicole Uphoff

Die Deutsche Bibliothek – CIP-Einheitsaufnahme

Over, Uta:
So verstehst du dein Pferd / Uta Over. – München : F. Schneider, 1993
ISBN 3-505-04773-2

Dieses Buch wurde auf chlorfreies, umweltfreundlich hergestelltes Papier gedruckt.

Schleißheimer Straße 267, 80809 München

Titelfoto: Guenter Kleinen
Illustrationen: Heike Erdin
Umschlaggestaltung: Adolf Bachmann
Lektorat: Carola Nowak
Herstellung: Manfred Prochnow
Satz: FIBO Lichtsatz GmbH, München; 12' Garamond
Druck: Tiskarna Ljudske pravice, Ljubljana, Slovenia
ISBN: 3-505-04773-2

96 95 | 12 11 10 9 8 7 6 5 4

Inhalt

Ein einzelner Jäger – hier ein Schäferhund – schafft es, eine ganze Herde zur Flucht zu veranlassen

Jäger und Gejagte

Es gibt zwei Arten von Tieren: diejenigen, die andere Tiere jagen, und diejenigen, die gejagt werden. Wenn man sich die Sache einmal genau betrachtet, nutzt der Mensch eigentlich nur die gejagten Tiere wie Kühe, Schafe, Schweine und auch Pferde für sich.
Ihr werdet vielleicht sagen, Hund und Katze aber auch, und das sind doch Jäger! Das stimmt aber nur bedingt.
Der Hund kam zum Menschen, als er merkte, daß an den Feuerstellen der Steinzeitmenschen Reste von Mahlzeiten – und zwar Fleischmahlzeiten – für ihn übrigblieben. So wurde er zahm. Als der Mensch dann merkte, daß der Hund eine bessere Nase und ein besseres Gehör als er selbst hatte, nutzte er dies, indem er gemeinsam mit dem Hund auf die Jagd ging.
Der Hund hat sich also dem Menschen angeschlossen, weil beide dasselbe essen. Und da der Hund ein Rudeltier und somit daran gewöhnt ist, dem „Boß“ zu gehorchen, hat er sich darauf eingestellt, dem Menschen zu folgen.

Anders ist es bei den Katzen. Auch sie merkten, daß beim Menschen ab und zu Futter abfiel, und blieben. Im Gegensatz zu Hunden ordnen sie sich jedoch nicht unter, sondern lieben ihre Selbständigkeit, weil sie von Natur aus keine Rudeltiere sind; sie leben gern allein und jagen auch allein.

Beim Pferd war es wieder anders: Es wurde vom Menschen zuerst wegen seines Fleisches gejagt. Dann kam wohl einmal ein Mensch auf die Idee, daß man mit solch einem Tier mehr machen kann, als es nur aufzuessen. So wurde das Pferd zum Zug-, Trag- und Reittier. Es schloß sich dem Menschen also nicht über das „Lockmittel" Futter an, denn das brauchte es sich ja nicht wie Hund und Katze mühsam zu erjagen; Gras und Laub fand es überall. Das Pferd wurde vom Menschen gefangen und von ihm gefüttert. Der Jäger (Mensch) zähmt den Gejagten (Pferd) und behält ihn bei sich, damit dieser für ihn arbeitet.

Auf Flucht programmiert

Vor etwa 60 Millionen Jahren dürfte der erste Vorfahre des heutigen Pferdes gelebt haben. Er war kleiner als ein Fuchs und hatte wenig Ähnlichkeit mit den heutigen Reitpferden.

Pferde greifen in den seltensten Fällen an. Sie gehen dem Feind aus dem Weg und suchen ihre Rettung in der Flucht

Aber er war schon ein Pflanzenfresser, der sich vor den fleischfressenden Raubtieren in acht nehmen mußte.
Erst vor etwa 6000 Jahren wurden die Pferde von den Menschen gezähmt. Eine sehr kurze Zeit, wenn man bedenkt, wie lange es sie schon gibt! Zum Vergleich: Hunde wurden schon vor etwa 12000 Jahren zahm, sie hatten also doppelt so lange Zeit, sich dem Menschen anzupassen.
Man kann nicht erwarten, daß die Pferde in der kurzen Zeit ihres Zusammenlebens mit den Menschen ihr ganzes Wesen änderten und ihre Urangst und ihren Fluchtinstinkt vergaßen! Noch immer sind sie total auf Flucht eingestellt, obwohl sie keine Angst mehr vor Raubtieren zu haben brauchen. Ihr Instinkt ist stärker als ihre Vernunft, sie reagieren oft schneller, als sie etwas begreifen. Dafür darf man sie nicht bestrafen, denn dieses Verhalten liegt in ihrer Natur.
Ihr Körper ist so gebaut, daß sie jederzeit in der Lage sind, lange Strecken in höchster Geschwindigkeit zurückzulegen. Sie stehen sozusagen immer in den Startlöchern, denn immer und überall könnten plötzlich Feinde auftauchen.
Im Gegensatz dazu verschläft das Raubtier viele Stunden des Tages, manchmal sogar ganze Tage. Wenn es Hunger verspürt, erhebt es sich, um neue Beute zu suchen. Dazu muß es oft lange Strecken zurücklegen. Hat das Raubtier die Beute endlich erspäht, ist es schon sehr hungrig, weil sein Magen leer und es weit gelaufen ist. Andererseits hat es dadurch die besten Voraussetzungen, wenigstens eine kurze Strecke in Spitzengeschwindigkeit zu rennen, um die Beute zu fangen. Mit vollem Bauch und ohne sich warm gelaufen zu

Kaum zu glauben: So sahen die Vorfahren der Pferde vor 60 Millionen Jahren aus. „Eohippus" lautet der wissenschaftliche Name dieses kaum fuchsgroßen Ahnen unserer Pferde

Die heutigen Pferde haben nur noch wenig Ähnlichkeit mit ihren Urahnen, und selbst dieses Fohlen ist schon größer als ein ausgewachsener Eohippus

Ponys sind die urtümlichsten Pferde. Da sie meist robust gehalten werden, haben sie noch viele ursprüngliche Eigenschaften, die die meisten Großpferde schon verloren haben

haben, könnte es das nicht. Aber mit gelockerten und gut durchbluteten Muskeln und der Aussicht auf eine köstliche Mahlzeit kann es Höchstleistungen vollbringen.

Jederzeit startbereit

Nun hat die Natur es aber so eingerichtet, daß auch der Gejagte immer eine Chance hat, und die Chance des Pferdes ist sein Körperbau. Pferde sind so „konstruiert", daß sie ausgezeichnet riechen und hören, recht gut sehen und jederzeit losspurten können.

Sie schlagen sich im Gegensatz zum Raubtier nämlich nicht den Magen mit riesigen Mahlzeiten voll, sondern sie fressen immer nur kleine Mengen. Ihr winziger Magen kann nicht viel fassen, und beim Grasrupfen kommt ja auch nicht viel auf einmal zusammen – das ist schon sehr gut eingerichtet. Der Magen ist also nie vollgestopft (wie manchmal leider bei Stallpferden, denen man gewaltige Mengen Kraftfutter gibt!). Und weil sie beim Grasrupfen und Fressen immer gehen müssen, sind die Muskeln von Pferden in der freien Natur auch immer gut durchblutet und bereit für einen eventuellen Spurt.

Pferde können auch entfernteste Geräusche wahrnehmen; die Augen liegen so am Kopf, daß sie fast einen völligen Rundumblick haben, und sie haben mindestens so eine feine Nase wie ein guter Jagdhund.

Alle diese Fähigkeiten haben sich in der relativ kurzen Zeit, die die Pferde bei den Menschen leben, nicht verändert. Manchmal nutzen wir Menschen diese Eigenschaften ja auch: Ich verlasse mich beim Reiten oft auf mein Pferd. In schwierigem Gelände beispielsweise vertraue ich darauf, daß es mit seinen feinen Instinkten den besten Weg findet; und wenn es sich strikt weigert, einen bestimmten

Weg zu gehen, kann ich sicher sein, daß er gefährlich ist oder irgend etwas nicht stimmt.
Leider vertrauen manche Reiter aber viel zu wenig auf die Instinkte ihres Tieres. Oft verstehen sie das Verhalten ihres Pferdes nicht und bestrafen es deswegen. Meist ist das ungerecht, und wenn der Reiter etwas mehr über das Innenleben seines Vierbeiners wüßte, würde er ihn nicht bestrafen, wenn er irgend etwas nicht tun will. Bei einiger Überlegung würde dem Menschen klar, *warum* das Pferd nicht will.
Man muß nur darüber nachdenken, dann ist der richtige Umgang mit dem Pferd viel leichter; man versteht sich eben besser!

Bei diesem Pferd sieht man deutlich, daß die Augen seitlich am Kopf liegen und ihm so einen guten Rundumblick ermöglichen

Wie Pferde sehen

Ich will euch noch einmal an die beiden Arten von Tieren erinnern: die Jäger und die Gejagten. Eines ihrer Unterscheidungsmerkmale ist die Stellung der Augen. Alle jagenden Tiere haben die Augen ziemlich nahe zusammen vorn am Kopf, während sie bei den gejagten Tieren meist seitlich liegen.
Die Augen des jagenden Tieres liegen so, daß sie die Beute genau fixieren können. Ein rennender Leopard beispielsweise sieht von der Landschaft rings-

Wenn ihr diese beiden Bilder betrachtet, seht ihr den Unterschied ganz deutlich: Der Hund (der Jäger) hat die Augen vorn am Kopf nah beieinander – so kann er die fliehende Beute besser fixieren; das Pferd (der Gejagte) hat die Augen seitwärts und damit einen weiteren Sichtradius

herum nur den „kleinen Ausschnitt" fliehende Beute, die aber ganz scharf.
Ein Jäger wird ja kaum bedroht – er bedroht selbst; also braucht er keinen vorsichtigen Blick nach allen Seiten wie das gejagte Tier, das Pferd.

Pferde sehen fast rundum. Nur was hinter ihnen passiert, können sie nicht sehen. Deshalb warnt man ja auch davor, sich hinter ein Pferd zu stellen. Denn wenn es sich von etwas Unbekanntem bedroht fühlt, das es nicht sehen kann, wehrt es sich – wenn es festgebunden ist, notfalls auch mit Ausschlagen!
Bei normaler Kopfhaltung sehen Pferde einige Meter weit. Lediglich das, was sich *direkt* vor ihren Füßen abspielt, können sie nicht wahrnehmen.
Wollen sie etwas sehen, das weiter in der Ferne ist, dann müssen sie den Kopf hochheben, denn sie können ihre Augen zwar seitwärts bewegen, nicht aber wie wir Menschen nach oben und unten.

Um in die Ferne sehen zu können, müssen Pferde den Kopf heben (obere Zeichnung). Besonders beim Springen ist das wichtig. Leider nehmen viele Springreiter ihre Pferde „zu kurz“ – dann ist ihr Sehbereich so eng wie der des unteren Pferdes

Islandpferde gehen im Tölt mit hocherhobenem Kopf; das ist bei dieser Gangart unbedingt notwendig

Den Kopf kurz vor der Senkrechten – so geht ein korrekt ausgebildetes Dressurpferd

Springpferde müssen den Kopf frei haben, denn bei der großen Geschwindigkeit im Galopp müssen sie sehen können, wohin sie laufen; sonst können sie nicht taxieren

Beim Dressurreiten

Ein Pferd, das in korrekter Dressurhaltung geht – also den Kopf kurz vor einer gedachten senkrechten Linie –, sieht nur ein paar Meter vor sich. Erschrickt es nun plötzlich, wird es versuchen, den Kopf hochzunehmen, um besser zu sehen. Das ist zwar verständlich, aber die Reiter erlauben es den Pferden oft nicht (auf einem Turnier beispielsweise geht das ja auch nicht). Das Ergebnis ist, daß das am Herumschauen gehinderte Pferd Angst bekommt. Dann beginnt es sich gegen das Gebiß zu wehren, es trippelt und verkrampft sich – eine Dressurlektion wird nach solch einem Erschrecken meist mißlingen.

Beim Springreiten

Es gibt Springreiter, die es schamlos ausnutzen, daß Pferde ihre Augen nicht nach oben bewegen können: Um vor dem Hindernis den Absprung selbst bestimmen zu können, müßte das Pferd den Kopf heben dürfen. Dann könnte es das Hindernis rechtzeitig sehen und würde von selbst an der richtigen Stelle abspringen. Aber viele Reiter ziehen den armen Pferden die Köpfe so eng an die Brust, daß sie nicht mehr als einen Meter vor sich sehen. So treiben sie ihr Pferd aufs Hindernis zu, und erst ganz kurz vor dem Sprung geben sie den Kopf frei. Erst dann kann das Pferd das Hindernis sehen und abspringen. So machen es leider viele Reiter auf Turnieren und wundern sich dann, wenn die Pferde den Absprung verweigern. Oft bestrafen sie sie auch noch dafür. Besser wäre es, sie korrekt auszubilden und mit längeren Zügeln ein bißchen selbständiger ans Hindernis heranzureiten. Springfreudige Pferde springen dann viel besser und harmonischer; bei manchen berühmten Springreitern sieht man das, und sie sind sehr erfolgreich damit.

Beim Westernreiten

Das „Geheimnis“ der Ruhe und Gelassenheit der meisten Westernpferde liegt unter anderem darin, daß man ihnen erlaubt, am langen Zügel zu gehen. Sie dürfen den Kopf heben, um frei in die Ferne zu blicken. Da sie das können, fühlen sie sich sicher und sind ausgeglichener. Das hat nichts damit zu tun, daß sie kein Temperament hätten – sie haben nur einfach weniger Grund, sich zu fürchten, und sind deshalb viel gelassener.

Im Gelände

„Pferde kurz halten“, sagen manche Reitlehrer und wollen nicht, daß die Pferde herumschauen – aber das ist verkehrt. Ein Pferd, das sich umsehen kann, erschrickt viel seltener als ein Pferd, das nur einen Quadratmeter Boden vor sich sieht. Wenn auf diesem Quadratmeter dann plötzlich eine Plastiktüte oder sonst etwas Furchterregendes auftaucht, dann ist es doch verständlich, daß das Pferd erschrickt, oder? Kann es die Tüte dagegen schon aus der Ferne sehen, wird es sich vielleicht ein bißchen darüber aufregen, daß da heute etwas Ungewohntes liegt. Aber jedes vernünftige Pferd wird sich das Ding anschauen und feststellen, daß es so furchterregend gar nicht ist. Damit hat sich die Sache meist.

Faßt man die Zügel beim Anblick des ungewohnten Ge-

Pferde, die den Kopf frei bewegen dürfen, haben den Überblick und sind daher meist ruhig und gelassen

Im Gelände müssen Pferde herumschauen dürfen, das gibt ihnen und den Reitern Sicherheit

Pferde hinter solchen Gittern zu halten, ist Quälerei

genstandes kurz und zieht den Pferdekopf eng an die Brust, so muß das Pferd vermuten, daß da etwas ganz Fürchterliches liegt, und bekommt Angst – logischerweise.

Jagdreiter, die oft sehr schwierige Strecken bewältigen müssen, wissen, daß man Pferde am langen Zügel mit leichtem Kontakt zum Pferdemaul am besten reitet. So können sie die ganze Gegend überblicken. Jagdreiter, die ihren Pferden diese Freiheit lassen, haben sehr selten Unfälle. Es muß also etwas dran sein!

Im Stall

Es gibt immer noch Ställe mit vergitterten Boxen, aus denen die Pferde nicht mal auf die Stallgasse sehen können. Von ihren Nachbarn sind sie durch hohe Bretterwände getrennt, so daß die armen Tiere viele Stunden am Tag auf die kahle Wand blicken. Wie schrecklich muß das für das Fluchttier Pferd sein, das für sein Wohlbefinden Weite um sich herum braucht! Und kein Wunder, daß diese Pferde, die den ganzen Tag nichts zu sehen haben, im Gelände dann plötzlich „explodieren"!

Außenboxen sind schon besser: Hier können die Pferde sehen, was um sie herum ge-

Diese Pferde können in ihren Paddocks an der Umwelt teilhaben. Sie langweilen sich nicht und „bekommen alles mit"

schieht, und am Leben der Menschen und Tiere im und um den Stall teilnehmen. Sie können beispielsweise auch Autos und Traktoren beobachten und merken so, daß das keine pferdefressenden Ungeheuer sind. Pferde, die so etwas in Ruhe betrachten können, sind beim Reiten viel sicherer, weil sie weniger Angst haben.

Ganz schlimm sind die alten Pferdeständer, in denen man früher Pferde mit dem Kopf zur Wand hin anband (in einigen Ställen gibt es sie leider noch immer!). Darin sind die

Schon solche Boxen, aus denen die Pferde nach draußen schauen können, sind besser als Innenställe. In diesen Boxen stehen die Hengste eines großen Gestüts nebeneinander

Pferde wirklich hilflos, denn rechts und links neben ihren Augen sind hohe Holzwände, und hinter sich können sie nicht sehen, weil sie kurz angebunden sind.

Am besten haben es natürlich Pferde, die sich auf einer Weide oder in einem Auslauf mit Offenstall frei bewegen können. Sie können ungehindert herumschauen und auch furchterregende Dinge in Ruhe beobachten. Daher sind so gehaltene Pferde meist viel ruhiger als Stallpferde.

Ein korrekt angebundenes Pferd. Der Anbindestrick ist lang genug, daß es den Kopf heben und sich umsehen kann – aber nicht so lang, daß es sich mit dem Bein darin verfangen könnte

Beim Anbinden

In manchen Reitställen ist es Sitte, die Pferde zum Beispiel beim Putzen an beiden Seiten anzubinden. Das hat den Sinn, daß die Pferde nicht mit dem Kopf schlagen oder gar beißen können.

Aber man nimmt ihnen damit auch ein bißchen Sicherheit, denn jetzt kann das Pferd überhaupt nicht mehr sehen, was hinter ihm geschieht. Es hat nicht die Möglichkeit, den Kopf zu wenden, wenn jemand von hinten kommt oder es ein Geräusch hinter sich hört. Dadurch wird es natürlich nervös. Ein so angebundenes Pferd schlägt schneller einmal vor lauter Angst aus. Das tut ein normal angebundenes Pferd, das den Kopf wenden und auch einen Schritt zur Seite gehen kann, nicht, denn es kann seine Umgebung überblicken.

Bindet also eure Pferde immer ausreichend lang an, das macht sie ruhiger. Bitte nicht so lang, daß sie sich mit den Beinen im Strick verfangen können, aber lang genug, daß sie Hals und Kopf bewegen und ihre Umgebung beobachten können!

Warum will Pirat nicht springen?

Meine Freundin Helga war verzweifelt, denn obwohl ihr Pferd Pirat zu Hause auf dem Reitplatz „Häuser sprang“, ging es beim Turnier fast jedesmal schief. Pirat sprang zu früh oder zu spät ab, er riß die Stangen und kam nie ohne Fehler nach Hause.
Mir war das schleierhaft, denn sein phantastisches Springvermögen hatte Pirat uns auf dem Reitplatz schon oft genug unter Beweis gestellt. Also ging ich eines Tages mit aufs Turnier. Und was ich da sah, machte mir auf einen Schlag klar, warum Pirat gar nicht korrekt springen *konnte*:
Aus innerer Spannung und Aufregung nahm Helga ihr Pferd ganz kurz am Zügel; schon auf dem Abreiteplatz rollte Pirat seinen Hals ein und biß sich fast in die Brust. So galoppierte er dann auch in den Parcours. Helga ritt ihn konzentriert bis vor das Hindernis und ließ ihm erst im Moment des Absprungs den Kopf frei – so konnte Pirat den Absprung nicht richtig kalkulieren!
Helga und viele andere Turnierteilnehmer, die mit derselben Methode scheiterten, hatten das wohl bei berühmten Springreitern gesehen. Was sie aber übersehen hatten, war die große Routine der Weltklassereiter; und daß sie ihren Pferden immer zwei bis drei Sprünge vor dem Hindernis den Kopf frei lassen, so daß die Pferde das Hindernis rechtzeitig sehen können. Tun sie das nicht, so geht es meist auch bei Spitzenreitern schief. Das kann man dann in der Zeitlupe genau sehen.
Helga hatte Angst, daß Pirat zu selbständig oder zu schnell würde. Deshalb nahm sie seinen Kopf so kurz, daß er schon hinter die Senkrechte kam: Der Arme sah nur einen Meter Boden vor sich. Wenn er dann den Kopf heben durfte, war das Hindernis direkt vor ihm, und er hatte gar keine Zeit mehr, den Sprung zu kalkulieren.
Als ich Helga das sagte, schlug sie sich an die Stirn: Natürlich, das war des Rätsels Lösung! Aber es dauerte noch einige Zeit, bis sie ihren Springstil im Turnier ändern konnte, weil sie sich daran gewöhnt hatte. Als sie Pirat jedoch länger ließ und er besser sehen konnte, kamen sie selten ohne Schleife nach Hause!

Dieses Pferd „flehmt". So nennt man es, wenn Pferde die Oberlippe hochziehen, weil sie einen besonders starken Geruch in die Nase bekommen haben

Was Pferde durch Riechen erfahren

Der Geruchssinn ist für Pferde eine der wichtigsten Informationsquellen. Wir Menschen vergessen das oft, denn unsere Nase reicht bei weitem nicht an die unserer Vierbeiner heran.

Wie wichtig der Geruch für sie ist, kann man beobachten, wenn sich zwei fremde Pferde treffen oder wenn befreundete Pferde sich begrüßen. Immer wird zuerst der Geruch des anderen aufgenommen. Die Pferde stecken ihre Köpfe zusammen und pusten sich gegenseitig sacht in die Nüstern. Sind sie sich fremd, quietschen sie dann meist ein bißchen, das heißt: „Huch, du riechst so fremd, wo kommst denn du her!"

Wenn die Pferde sich aber sympathisch sind, beginnen

sie damit, sich gegenseitig gründlich und ausgiebig zu beschnuppern. Das dauert oft einige Minuten lang, und manchmal hebt eines der Pferde plötzlich den Kopf und klappt die Oberlippe hoch. Das nennt man „Flehmen", und es bedeutet, daß der Geruch, den das Pferd gerade in die Nase bekam, unheimlich stark war. Das kann ein guter, aber auch ein unangenehmer Geruch sein. Durch das Flehmen zeigt das Pferd an, daß es von ihm beeindruckt ist, es saugt ihn sozusagen tief in sich ein.
Befreundete Pferde, die sich längere Zeit nicht gesehen haben, pusten sich zur Begrüßung lange Zeit sanft in die Nüstern.

Unsichtbare Informationen

Pferde bekommen durch Gerüche Botschaften. So sind sie auch immer am Kot von Artgenossen interessiert, die sie nicht kennen. Äpfelt ein neu hinzugekommenes Pferd auf einer Weide, so werden die anderen, die sich schon kennen, sofort angelaufen kommen und „den Haufen" gründlich beschnuppern. Offensichtlich erfahren sie daraus viele Dinge, sonst würden sie nicht so lange und immer wieder daran riechen. Sicherlich erfahren sie, ob es sich um einen Hengst, eine Stute oder einen Wallach handelt; vermutlich aber auch, ob es ein altes oder ein junges Pferd ist, ob es aus dem Stall

Zwei Pferde begrüßen sich. Zuerst berühren sie sich sacht mit den Nüstern und ziehen den Atem des anderen ein; später beriechen sie sich oft am ganzen Körper

oder von einer Weide kommt, was es dort zu fressen bekam und ob es gesund ist.
Oft äpfelt dann das ranghöchste Pferd der Herde genau auf diesen Haufen. Es übertüncht damit den Geruch des Neuen und zeigt an, daß es der Herr der Herde ist. Kein fremder Geruch soll seinen Herrschaftsanspruch stören.
Der Geruchssinn der Pferde ist so empfindlich, daß sie auch die Ausdünstungen der Haut des Menschen riechen und deuten können. Der ganz leichte Angstschweiß, den ein ängstlicher Reiter selbst noch gar nicht bemerkt, wird vom Pferd wahrgenommen. Es weiß dann: „Der da oben hat Angst." Früher haben daher die Männer, die junge Pferde einritten, ihre Hände mit einem scharf riechenden Öl eingerieben, wenn sie unsicher waren. Es sollte ihren eigenen „Angstgeruch" übertünchen.
Es bringt aber nichts, wenn ihr euch vor der nächsten Springstunde mit Parfüm bestäubt, denn Pferde sind nicht nur auf den Geruch angewiesen, um etwas wahrzunehmen. Die Unsicherheit des Reiters merken sie auch an dessen Bewegungen – so leicht sind sie nicht zu täuschen!

Immer der Nase nach

Auch ihre Umgebung erkennen Pferde am Geruch. Wissenschaftler haben durch Versuche herausgefunden, daß

Vorsichtiges Beschnuppern von zwei Pferden. Durch den Geruch erfahren sie viel voneinander

der phantastische Orientierungssinn, durch den sie von weither in den eigenen Stall finden, wohl zum größten Teil auf ihrem Geruchssinn beruht. Sie riechen: „Da geht's nach Hause", und zwar auf sehr weite Entfernungen.

Pferde erinnern sich sehr gut an Gerüche. Wenn sie einmal böse Erfahrungen mit einem Schmied oder Tierarzt gemacht haben, weil sie schmerzhaft oder mit Zwang behandelt werden mußten, erkennen sie Schmiede oder Tierärzte auch im Sonntagsanzug oder mit einer Karnevalsmaske. Sie nehmen den Geruch des Schmiedefeuers oder den von Medikamenten an dem Menschen wahr und bekommen sofort wieder Angst. Man kann ihnen also so leicht nichts vormachen.

Wenn man ein fremdes Pferd reitet, das plötzlich zusammenschreckt und scheut, kann es sein, daß es einen Geruch in die Nase bekommen hat, der es an etwas Unangenehmes erinnert. Man muß nicht immer sehen, wovor Pferde scheuen. Wären unsere Nasen gut genug, könnten wir es oftmals riechen. Da wir das nicht können, müssen wir lernen, uns in die Pferde hineinzuversetzen.

So fürchten sich viele Pferde seltsamerweise ganz schrecklich vor dem Geruch von Schweinen. Sobald sie ihn in die Nase bekommen, versuchen sie mit allen Mitteln umzukehren. Haben sie die Schweine erst einmal gesehen, dann wird ihnen meist klar, daß sie sich gar nicht fürchten müssen. Aber der Geruch allein genügt, unerfahrene Pferde in Angst und Schrecken zu versetzen.

Gelassen nimmt das Pferd den Geruch des Hufschmieds hin

Das Rätsel der kleinen Stute

Silvester verbringe ich immer mit Freunden bei mir zu Hause, weil ich bei der Knallerei zum neuen Jahr bei meinen Pferden sein möchte. Kurz vor Mitternacht gehen wir dann mit einem Glas Sekt in den Pferdeauslauf und wünschen uns dort mitten zwischen den Vierbeinern ein frohes neues Jahr. Die Pferde finden den nächtlichen Besuch hochinteressant, zumal in verschiedenen Jackentaschen leckere Dinge für sie versteckt sind. Während der Knallerei stehen sie dann gelassen um uns herum.
Nicht so die kleine Stute, die ich im Sommer gekauft hatte. Ich hatte sie aus Mitleid von der Kirmes mitgenommen, wo ich sie in sehr heruntergekommenem Zustand entdeckt hatte. Sie hatte sich gut in die kleine Herde eingefügt und war sehr zutraulich geworden.
In dieser Silvesternacht jedoch wich sie jedem Menschen aus und fing zu zittern an, wenn man sich ihr näherte. Ich bat meine Freunde, sie in Ruhe zu lassen, denn sie sollte keine Angst haben. Aber ich konnte mir ihr Verhalten nicht erklären.
Als am nächsten Morgen ein noch etwas angesäuselter Nachbar an den Zaun kam, bemerkte ich dasselbe Verhalten bei ihr. Da ging es mir auf: Es mußte der Alkoholgeruch sein, der ihr solche Angst einjagte! Denn auf der Kirmes wird ja oft recht kräftig getrunken, und sie war eines von den Ponys gewesen, die auch Erwachsene immer im Kreis herumtragen müssen.
Ich wollte es ausprobieren und ging mit einem Glas Wein auf sie zu. Sofort wurde sie, die gerade Zutrauen zu mir gefaßt hatte, mißtrauisch und wich mir aus. Sie brachte den Geruch mit ihren schlechten Erfahrungen auf der Kirmes in Verbindung!
Es hat Jahre gedauert, bis sie ihre Angst vor diesem Geruch überwunden hatte.

Dieses Pferd hört etwas Interessantes rechts hinter sich. Zwar läuft es geradeaus, aber das rechte Ohr ist in die Richtung gedreht, aus der das Geräusch kommt

Wie Pferde hören

Pferde hören ausgezeichnet, und sie erinnern sich hervorragend an einmal Gehörtes. Manch ein Pferd hat sein Leben lang Angst vor Geräuschen, die eigentlich harmlos sind. Meist hat es dann irgend etwas Unangenehmes erlebt, das mit diesem Geräusch zusammenhing.

So hat eines meiner Pferde unheimliche Angst vor dem Geräusch des Holzsägens. Früher war das nicht so – bis zu einem bestimmten Tag: Da ritt ich mit ihm durch einen Wald, in dem Holzarbeiter Bäume fällten. Sie konnten uns nicht sehen, und ich wußte nicht, daß sie Bäume fällten. Sie sägten mit einer Motorsäge an einem Baum, und genau in dem Moment, als wir neben ihnen waren, neigte sich der Baum, fiel um und begrub uns fast unter sich.

Mein Pferd galoppierte in völliger Panik los und war erst ein ganzes Stück weiter wieder zum Halten zu bringen. Wir sind dann zu der Stelle zurückgegangen und haben uns den liegenden Baum angesehen. Mein Pferd konnte feststellen, daß der Baum selbst eigentlich ganz harmlos war. Aber seitdem hat es Angst vor dem Geräusch der Holzsäge, und das ist von seinem Standpunkt aus auch ganz logisch.

So etwas gibt es öfter. Vielleicht kennt ihr auch Pferde, die sofort aufgeregt werden, wenn sie eine bestimmte Musik hören – meist Blasmusik. Sie sind oft schon bei Herbstjagden oder in Karnevalszügen mitgegangen und wissen, daß sie bei dieser Musik etwas Besonderes erwartet. Für manche bringt diese Musik schöne Erinnerungen, für andere (besonders die armen Karnevalspferde) dagegen schlimme.

Antenne in alle Himmelsrichtungen

Das Besondere am Gehör der Pferde ist, daß sie – ähnlich wie sie sehen – nach allen Seiten hören können. Ein Pferdeohr

Nach vorn sind die Ohren dieses Pferdes gerichtet. Dorthin wird es gleich gehen, und es will erkunden, was es dort erwartet

kann sich fast rundherum drehen, nur nach innen fehlt ein kleines Stückchen. Das macht aber nichts, denn was das linke Ohr nach innen nicht hören kann, hört das rechte Ohr, wenn es nach außen gestellt ist.

Da Pferde so gut hören und sich an einmal Gehörtes so gut erinnern, ist die Stimme des Menschen auch von großer Bedeutung für sie: Mit der Stimme kann man sie loben und strafen, man kann zärtlich mit ihnen sein oder sie auffordern, sich doch bitte endlich ordentlich zu benehmen.

Daher ist es kaum zu verstehen, daß viele Reitlehrer es nicht dulden, wenn man in der Reitstunde mit dem Pferd spricht. Wir Menschen können eben unsere Körperspra-

Hier sieht man, daß die Ohren von Pferden richtige kleine Schalltrichter sind, wenn sie konzentriert hören

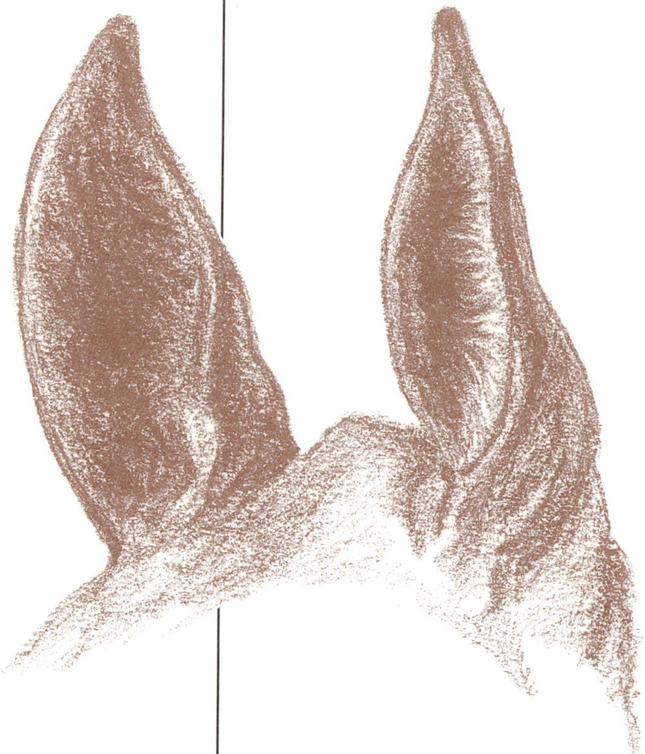

che nicht so gut einsetzen wie die Pferde – wir brauchen die Stimme als Verständigungsmittel, und die Pferde verstehen sie ja auch. In der Reitstunde und beim Turnier ist das Sprechen dann plötzlich nicht erlaubt! Wenn man der Sache auf den Grund geht, stellt sich heraus, daß die Sitte, auf dem Pferd nicht zu sprechen, noch aus der Zeit stammt, als die Reiter hauptsächlich für die Armee ausgebildet wurden. Damals ging es beim Reiten sehr streng zu, und die Reitschüler hatten den Mund zu halten.

Dabei ist die Stimme ein wichtiges Hilfsmittel. Beim Longieren beispielsweise und überhaupt bei der Ausbildung junger Pferde ist sie unerläßlich! Gut ausgebildete Westernpferde gehorchen der Stimme so gut, daß der Reiter die Zügel kaum gebrauchen muß.

Dieses Pferd hört seiner Besitzerin überhaupt nicht zu – es lauscht nach irgend etwas Interessantem hinter sich

Dieser schöne Camargue-Hengst wird auf einem Festival vorgestellt. Ihr könnt deutlich sehen, wie der Hengst ein Ohr nach vorn, das andere nach hinten gestellt hat, um auch zu hören, was seine Reiterin von ihm will

Vor fast hundert Jahren gab es in Ungarn einen Mann, der auch die wildesten Pferde zähmen konnte. Man nannte ihn den „Flüsterer“, weil er mit den Pferden nur im leisesten Flüsterton sprach. Und die Pferde, die meist schon viel zu oft angebrüllt worden waren, weil man sie nicht verstand, hörten ihm zu. Der Mann redete manchmal stundenlang in leisem Ton auf die wilden und verstörten Pferde ein – und mit der Zeit bekamen sie alle Vertrauen zu der Stimme, die niemals laut wurde.

Wir müssen also darauf achten, unsere Stimme richtig einzusetzen. Mit ihr kann man ein Pferd loben, aber auch strafen – das dürft ihr nie vergessen!

Auf den richtigen Ton kommt es an

Mein Pferd kennt meine Stimme genau und reagiert darauf mindestens so gut wie auf die mechanischen Hilfen wie Zügel, Schenkel und Gewicht; ich könnte mir diese Hilfen ohne Stimme auch überhaupt nicht vorstellen.

Wenn mein Fuchs mal seinen bockigen Tag hat und aufsässig ist, gibt es einen bestimmten Ton in meiner Stimme, bei dem er genau weiß, daß jetzt Schluß ist. Wenn ich dann sage: „Fuchs, es langt, hör auf!“, ist ihm klar, daß dies seine letzte Chance ist, einzulenken und sich ordentlich zu benehmen – sonst setzt es was. Und dann benimmt er sich auch.

Andererseits gibt meine Stimme ihm Sicherheit, wenn er beispielsweise unsicher ist, ob er über eine Holzbrücke gehen soll, die unter seinen Hufen so unheimlich dumpf klingt. Dann sage ich beruhigend: „Es hilft nichts, Fuchs, da mußt du durch“, und er weiß, daß ihm wirklich nichts hilft. Zur Not – die Erfahrung hat er gemacht – halten wir uns ein oder zwei Stunden vor der Brücke auf, bis er drübergeht. Also tut er es, begleitet von meiner beruhigenden Stimme, lieber gleich.

Weil wir uns sehr gut kennen, kann ich mein Pferd auch ein bißchen veräppeln, wenn es versucht, mich „reinzulegen“. Das sind Tage, an denen der Fuchs so richtig aufgedreht ist, rennen will und an jeder Ecke im Gelände erschrickt. Bei am Boden liegenden Baumstämmen, die schon lange dort liegen, oder bei der Bank, die seit Jahren am Wegesrand steht, macht er einen „entsetzten“ Satz zur Seite und hofft, er käme dadurch vom Zügel los und dürfte rennen ...

Ich sage dann immer so richtig spöttisch: „Ach, du armes Pferd, schon wieder ein Ungeheuer im Gebüsch!“ Das findet er ganz toll und macht noch ein paar spielerische Sprünge, weil er durch den Ton meiner Stimme weiß, daß ich gut gelaunt bin und ihm seinen Unsinn durchgehen lasse – und daß es bestimmt gleich eine zünftige Rennerei geben wird!

Für mich ist die Stimme bei meinen Pferden unheimlich wichtig. Sie hören ganz genau, wenn meine Haustür aufgeht, und kommen dann sofort zu mir, um zu sehen, ob es was Leckeres gibt oder was los ist.

Sie hören auch auf meine Stimme, wenn ich ihnen einzeln ihr Kraftfutter in Eimern hinstelle – und keiner würde wagen, dem anderen etwas zu klauen, solange ich es ihm verbiete.

Obwohl Pferde sich untereinander kaum mit der Stimme verständigen, ist die menschliche Stimme für sie doch sehr wichtig. Sie kann ihnen Vertrauen und Sicherheit vermitteln, aber auch klarmachen, wer hier das Sagen hat: Pferde hören feine Untertöne besser als viele Menschen ...

Die Herde gibt dem Pferd Sicherheit und Geborgenheit. Wenn Pferde Angst haben, drängen sie sich zusammen, um aus der Gegenwart der anderen Mut zu schöpfen

Fühlen und Berühren

Die Berührung spielt bei Pferden eine wichtige Rolle. Zwar haben sie keine Hände, mit denen sie Gegenstände erkunden könnten. Aber sie haben am Maul äußerst feine Tasthaare. Mit ihnen können sie Dinge behutsam befühlen, bevor sie sie beispielsweise mit den Lippen berühren.

Wenn ein Pferd einen Gegenstand genauer kennenlernen

möchte, dann wird es ihn zuerst vorsichtig – sozusagen „aus der Ferne" – beriechen. Ist der Geruch in Ordnung, flößt er ihm also keine Furcht ein, dann wird das Pferd näher an den Gegenstand herangehen und ihn mit den Tasthaaren berühren, bevor es ihn vielleicht sogar sachte mit den Lippen oder den Zähnen beknabbert.

Manche Pferde erkunden Gegenstände aber auch mit den Hufen. Eines meiner Pferde beriecht fremde Gegenstände erst, dann werden sie, wenn man sie erreichen kann, mit den Hufen ein bißchen hin und her geschoben und erst dann mit dem Maul berührt.

Soziale Fellpflege

Berührung kann Freundschaft und Zuneigung bedeuten. Befreundete Pferde kraulen sich gerne gegenseitig – besonders in der Zeit des Fellwechsels. Das ranghöhere Pferd geht dann zum rangniedrigeren und beknabbert auffordernd genau die Stelle, an der es selbst gekrault werden möchte. Das ist sehr oft der Widerrist oder der Rücken – Stellen, an denen Pferde sich selbst nicht kratzen können und die sie auch beim Wälzen nicht gut erreichen. Oft stehen zwei Pferde lange Zeit so beieinander und beknabbern sich gegenseitig. Diese sanfte Berührung dient nicht nur der Fellpflege, sondern auch dem Bedürfnis nach direktem Körperkontakt, das jedes Pferd hat. Manchmal erweisen Pferde diesen Freundschaftsdienst auch Menschen.

Weil die Berührung so wichtig ist, sollte das Putzen für die Pferde auch immer eine angenehme Sache sein. Schlimm ist es, wenn man sieht, wie manche Menschen den Pferden beim Putzen weh tun und die Pferde sich unter dem harten Striegel drehen und wenden und den Rücken senken. Wehren können sie sich nicht, weil sie ja angebunden sind. Damit baut man sicherlich keine freundliche Beziehung auf!

Mähnen- und Fellkraulen – diesen Dienst erweisen sich nur befreundete Pferde

Wälzen ist sehr wichtig für Pferde. Sie genießen diese Berührung, bei der der ganze Körper massiert wird, sehr

Sicherheit durch Nähe

Berührung bedeutet für Pferde auch Geborgenheit. Eine Pferdeherde in der Natur rückt bei Gefahr eng zusammen. Das Gefühl, daß die anderen Pferde ganz nah sind, gibt ihnen Sicherheit. Darum sollte man auch nie ein Pferd allein halten! Es braucht die Berührung durch andere Pferde.

Auch das Streicheln durch den Menschen ist wichtig. Man kann Pferde mit Streicheln belohnen und beruhigen. Natürlich gehört das freundliche Wort dazu, aber das ist ja wohl selbstverständlich!

Viele Reitlehrer geben am Ende der Reitstunde das Kommando: „Zügel lang – Pferde loben!" Daraufhin klatschen alle Reitschüler den Pferden mit der Hand auf den Hals. Ich kann mir nicht vorstellen, daß die Pferde das als Lob empfinden. Ein leises Wort, eine streichelnde Berührung nach dem Absitzen wäre sicherlich besser!

Ähnlich verhält es sich mit dem „freundlichen Klaps auf den Po", den manche Leute den Pferden geben. Ich glaube nicht, daß den Pferden diese Art Berührung angenehm ist.

Junge Pferde drängen sich eng zusammen, wenn Menschen, die sie nicht gut kennen, auf ihre Weide kommen

Dieses junge Eselchen sucht Schutz in der Berührung und Umarmung seiner Besitzerin

Sie selbst berühren sich niemals so: Jungpferde raufen und spielen miteinander, kämpfende Hengste beißen hart zu, und befreundete Pferde kraulen sich gegenseitig. Daß ein Pferd einem anderen aber einen „kameradschaftlichen Klaps" gibt, hat noch niemand gesehen!

Berührung als Lernhilfe

Berührt man ein Pferd zu stark oder gar schmerzhaft, so versucht es, dieser Berührung auszuweichen. Das gilt besonders für die Berührung mit der Gerte. Dieses Ausweichen kann man sich bei der Ausbildung von Pferden zunutze machen. Die Gerte sollte in der Pferdeausbildung nur dann eingesetzt werden, wenn man dem Pferd etwas erklären möchte. Zur Strafe darf sie nur ein sehr ruhiger und erfahrener Ausbilder verwenden, und der wird es äußerst selten tun.

Ich will das einmal an einem Beispiel erklären: Das Pferd soll ein bestimmtes Bein vorsetzen, vielleicht das linke Vorderbein. Also berührt der Ausbilder das linke Vorderbein hinten am Fesselgelenk mit der Gerte – und automatisch wird das Pferd das Bein vorsetzen, um der lästigen Berührung zu entgehen. Dafür wird es gelobt und lernt so, daß es der Gerte ausweichen soll. Auf diese Art und Weise kann man dem Pferd später auch schwierigere Lektionen wie beispielsweise Seitengänge beibringen. Pferde begreifen den Zusammenhang sehr schnell, und daher ist die Gerte ein gutes Ausbildungsmittel, wenn sie vernünftig und nicht schmerzhaft eingesetzt wird.

Daß Pferde der Berührung ausweichen, wißt ihr sicher aus eigener Erfahrung: Beim Pferdeputzen treten gut erzogene Pferde auf die Seite, wenn man sie an der Hinterbacke berührt und „Geh 'rum!" dazu sagt. Ebenso heben sie auf das Kommando „Fuß" den Huf, wenn man sie am Fesselgelenk berührt. Vorausgesetzt, sie sind gut erzogen ...

Dankbare Salamanca

Eines meiner Pferde leidet unter Sommerekzem. Das ist eine Hautallergie, die im Sommer auftritt und sehr juckt, wenn man nichts dagegen tut. Als ich Salamanca vor zwei Jahren bekam, hatte sie große kahle Stellen am Körper, die sie sich durch Kratzen an Baumstämmen und Pfählen richtig blutig scheuerte. Als ich sie die ersten Male mit einem pflegenden Öl einrieb, versuchte sie sich zu wehren und sogar nach mir zu schnappen. Ich mußte ziemlich energisch werden, damit sie sich ordentlich benahm.
Aber schon bald merkte sie, wie angenehm die Salbe für sie war: Die Haut juckte nicht mehr, sowie sie eingeschmiert war! Sie mußte sich nicht mehr ständig scheuern, und dadurch heilte die wunde Haut allmählich. Daß diese Besserung der Salbe zu verdanken war, erkannte Salamanca recht schnell.
Mittlerweile kommt sie freudig auf mich zu, wenn ich mit der Salbentube in den Auslauf komme. Und wenn ich die Salbe sanft in ihr Fell einmassiere, stellt sie sich immer so, daß sie mit ihrem Maul einen Arm von mir, meinen Rücken oder meine Schulter erreichen kann. Dann krault sie mich ganz sanft mit ihren Lippen oder mit ihren Zähnen, wobei sie niemals grob wird oder zubeißt. Ihre Zähne streichen nur über meine Haut. Sie macht das genauso stark, wie ich sie massiere, und will mir damit wohl zeigen, wie angenehm ihr das ist.

Abwartend und abwehrend bleiben die Stuten stehen, als sich ihnen ein fremder Hengst nähert. Würde er auf die Stute mit Fohlen losgehen, so würde diese sich und ihr Kleines mit Hufen und Zähnen gegen den Fremden verteidigen

Das Gesetz der Herde

Um Pferde verstehen zu können, muß man nicht nur wissen, wie sie sehen, hören und fühlen. Man muß auch wissen, wie sie sich untereinander verhalten.

Die meisten Pferde werden heute nicht mehr in der Herde geboren, sondern im Stall. Oft stehen die Fohlen allein mit ihren Müttern in einer Box und haben gar keine Möglichkeit, in der Gemeinschaft mit anderen Pferden „gutes Benehmen" zu lernen. Dabei ist das so unendlich wichtig! Denn nur so lernen sie ihre eigene Stärke kennen – und nur so lernen sie, sich unterzuordnen, ohne zu leiden.

In gut geführten Gestüten sind die Stuten mit ihren Fohlen ein halbes Jahr lang gemeinsam auf der Weide. Dann werden sie getrennt, weil die Fohlen ab jetzt die Muttermilch nicht mehr brauchen und selbst Gras fressen können.

Wer ist der Stärkere?

Ab jetzt ist jedes Pferdekind auf sich selbst gestellt und muß sich gegen Frechheiten oder Angriffe anderer Pferde verteidigen – die Mutter ist nicht mehr da. Das stärkt natürlich das Selbstbewußtsein der Kleinen, und bald spielen sie das alte Spiel: „Wer ist stärker – du oder ich?" In diesem Spiel messen sie ihre Kräfte, aber sie verletzen sich nie ernsthaft. Der Sieg reicht ihnen aus, um mit hocherhobenem Kopf herumzustolzieren, während der Verlierer sich davon-

Kleine Fohlen sind noch ein bißchen ungeschickt – deshalb brauchen sie den Schutz der Herde und passen sich ihren Gesetzen ganz selbstverständlich an

schleicht. Der wird dem Sieger so bald nicht mehr in die Quere kommen, und so bildet sich in der Herde langsam eine Rangordnung heraus, in der auch feste Freundschaften geschlossen werden.

Pflanzenfresser, zu denen die Pferde ja gehören, sind friedliche Tiere. Daher wird die einmal festgelegte Rangordnung in einer Herde selten geändert – es sei denn, man hätte einen wirklichen Störenfried darunter, aber das ist sehr selten.

Das Gesetz der Herde lautet, daß man dem Stärkeren höflich zu begegnen hat. Will der beispielsweise zum Wasser, geht man zur Seite – auch, wenn man gerade selbst trinken will. Schwächere Pferde weichen den stärkeren ganz selbstverständlich.

Beim Rennen und Spielen lernen Fohlen ihre Grenzen kennen

Nie würde die „Nummer 9“ in der Herde die „Nummer 1“ oder „Nummer 2“ angreifen. Pferde sind viel zu friedliebend, um unnötig zu kämpfen.

Allerdings kann es vorkommen, daß die „Nummer 9“ der „Nummer 10“ einmal einen kräftigen Biß oder Tritt versetzt, wenn diese nicht schnell genug aus dem Weg geht.

Nun muß man aber nicht denken, daß die ranghöchsten Pferde ein leichteres Leben hätten als die rangniedrigeren – ganz im Gegenteil. Die Ranghohen sind verantwortlich für die ganze Herde. Oft sieht man einen großen Teil der Tiere mittags seelenruhig schlafen, während die „Herdenbosse“ abwechselnd über die Sicherheit aller wachen. Sie gönnen sich wesentlich weniger Schlaf als die Rangniedrigeren, die sich voll auf die „Chefs“ verlassen.

Die Mutter als Vorbild

Welche Position ein Pferd in der Herde einnimmt, steht meist schon fest, bevor es auf die Welt kommt: Das Fohlen einer ranghohen Stute wird voraussichtlich selbst einen hohen Rang einnehmen, das Fohlen einer rangniedrigen Stute wird vermutlich immer rangniedrig bleiben. Das ist einfach zu erklären: Das Fohlen lebt mindestens ein halbes Jahr mit und neben seiner Mutter. Hat die Mutter einen hohen Rang, dann erlebt das Fohlen, daß viele Pferde zur Seite gehen, wenn es mit der Mutter kommt – sein Selbstbewußtsein wird dadurch stark. Muß aber die Mutter mit ihrem Fohlen oft aus dem Weg gehen, wenn ein ranghöheres Pferd kommt, so wird sich

Zwei Pferde liegen, eines hält Wache – eine typische Situation

auch das Kleine daran gewöhnen, stets vorsichtig Ausschau zu halten, ob nicht gerade ein „Boß“ in der Nähe ist, dem es weichen muß.
Dieses Verhalten nehmen die Kleinen später mit in die Herde gleichaltriger Fohlen, wenn sie von ihren Müttern getrennt sind.

Die Stuten haben das Sagen

In Filmen sieht man oft, wie wilde Hengste miteinander kämpfen. In der Natur kommt das sehr selten vor. In einer wilden Pferdeherde, wie es sie ja kaum mehr gibt, ist der „Chef“ meist eine Stute. Sie führt die

Es ist sehr wichtig, daß Fohlen sich zusammen mit anderen Pferden draußen frei bewegen können. Nur so können sie die Herdengesetze kennenlernen

Raufen – ein beliebtes Spiel bei jungen Pferden. Dabei legen sie schon spielerisch die Rangordnung fest

Herde an, sie sucht neue Weideplätze und warnt vor Feinden. Tauchen Raubtiere auf, dann entscheidet sie, ob die Herde fliehen oder sich verteidigen soll. Sie führt die Flucht an – nicht, weil sie feige wäre und sich als erste in Sicherheit bringen wollte, sondern weil sie als Verantwortliche den sichersten Weg sucht.

Entscheidet sie sich aber zur Verteidigung, dann schließen die Stuten einen Kreis um ihre Fohlen und verteidigen sie mit Hufen und Zähnen gegen die Feinde. Der Hengst der Herde hilft mit – aber die Stuten übernehmen die Hauptarbeit, denn sie verteidigen ihre Fohlen!

Der Hengst muß nur ernsthaft kämpfen, wenn ein Rivale auftaucht und seine Stuten erobern will. Aber Stuten sind auch keine willenlosen Wesen, und fremde Hengste überlegen es sich gut, ehe sie einen Hengst angreifen, der mit seinen Stuten friedlich zusammenlebt. Es kann ihm nämlich passieren, daß ihm die Stuten gar nicht freundlich gesinnt sind. So wird ein Hengst meist erst dann von seiner Stutenherde vertrieben, wenn er zu alt ist, um sie zu verteidigen.

Meist war er dann schon viele Jahre in der Herde und hat viele Fohlen gezeugt. Es wird Zeit, daß ein neuer Hengst kommt, damit der „alte“ nicht seine eigenen Töchter deckt – das wäre gegen die Natur.

In der Reitbahn

Gute Reitlehrer wissen, welche Rangfolge „ihre“ Pferde haben, und werden daher immer das stärkste Pferd an die Spitze der Abteilung setzen. Dadurch fühlen sich die anderen Pferde sicher. Muß nun ein Pferd an der Abteilung vorbeigaloppieren, was in der Reitstunde ja öfter verlangt wird, so bricht es ein Gesetz der Herde, nach dem man niemals ein ranghöheres Pferd überholen darf. Das ist für das Pferd sehr schwer, und ihr werdet immer wieder feststellen, daß oft gerade das letzte Pferd ungern an allen anderen vorbeigaloppiert. Meist ist es das rangniedrigste und muß jetzt alle anderen überholen – das erfordert große Überwindung! Habt ihr diesen Zusammenhang erst einmal erkannt, dann sagt ihr bestimmt nicht mehr: „Der ist nur faul.“ Ihr wißt jetzt, daß das Pferd gegen ein Herdengebot verstoßen muß, und versteht sein Verhalten besser.

In solchen Situationen zeigt sich aber auch, wieviel Respekt das Pferd vor euch hat. Wenn es euch gehorcht, erkennt es euch als „Boß“ an. Gehorcht es nicht, so müßt ihr noch an Ansehen gewinnen!

Im Stall

Sicher kennt ihr auch Pferde, die sich den ganzen Tag mit ihrem Boxennachbarn zanken: Sie donnern mit den Hufen gegen die Boxenwand und „giften“ sich an. Das sind meist Pferde, die etwa gleich stark sind. Und sie möchten endlich wissen, wer denn nun der „Boß“ ist! In getrennten Boxen können sie das natürlich nie herausfinden, aber es beunruhigt sie ständig. Würde man diese beiden Pferde eine Zeitlang zusammen auf eine große Weide lassen, würde sich die Rangordnung klären: Der eine würde über dem anderen stehen, und beide wären damit zufrieden. Dann würde auch im Stall wieder Ruhe einkehren. Nur denken viele Pferdebesitzer leider nicht über so etwas nach. Manche haben auch Angst, die Pferde könnten sich auf der Weide verletzen, was aber sehr selten geschieht.

Wenn man Pferde gemeinsam in einem großen Offenstall mit Auslauf oder Weide hält, muß man genau wissen, welches Pferd das ranghöchste und welches das rangniedrigste ist. Sonst kann es vorkommen, daß man gerade dem rangniedrigsten die Hufe auskratzen will, und der „Boß“ kommt vorbei. Sofort wird das rangniedrige Pferd versuchen, ihm auszuweichen. Das kann für den Menschen sehr gefährlich werden.

Ihr solltet also genau darauf achten, wie sich die Pferde in einer Gruppe untereinander verhalten, und Rücksicht auf ihre Gesetze nehmen!

Wer genau hinschaut, sieht, wer hier der „Chef“ ist. Es ist der Haflinger, denn er hält aufmerksam Ausschau, während das kleine weiße Pony unbesorgt frißt

Die Neue hat's nicht leicht

Als ich eine gerade gekaufte junge Stute in den Auslauf zu den anderen Pferden brachte, erlebte ich eine Überraschung: Ich habe zwei Esel und zwei Pferde; Nadir, der Haflinger, ist der „Boß“, und Pascha, ein fast 37jähriges ehemaliges Kinderpony, ist eng mit ihm befreundet.

Ich hatte gedacht, zumindest Nadir als Chef der kleinen Herde würde einer neuen Stute freundlich entgegenkommen. Aber als er sie sah, trieb er seine Herde in einer Ecke des Auslaufs zusammen und ging mit Zähnen und Hufen auf die neue Stute los. Er hatte gar nicht erst geguckt, ob es Stute, Hengst oder Wallach war, was da so unvermutet in seinen Auslauf kam. Es war für ihn ein fremdes Pferd, und fremde Pferde hatten in dem Territorium seiner Herde nichts zu suchen! Das machte er unmißverständlich klar.

Ich brauchte meine ganze Autorität, um die kleine Stute vor ihm in Sicherheit zu bringen und in einen Auslauf nebenan zu führen. Nadir stolzierte noch stundenlang vor seiner Herde auf und ab und hielt sie in der Ecke fest, wo sie vor dem fremden Pferd in Sicherheit war.

Es dauerte einige Tage, bis die kleine Stute an den Zaun kommen durfte, ohne daß er auf sie zustürzte. Als er dann einsah, daß er sie nicht vertreiben konnte, ergab er sich darein, daß sie wohl bleiben würde, und begann sie ausgiebig zu beriechen. Er gewöhnte sich bald an ihren Geruch, und nach einer Woche ließ ich alle zusammen.

Da gab es dann noch etwas Gequietsche und Gejage, weil Nadir der Kleinen nicht erlauben wollte, sich den anderen zu nähern. Aber als er sich überzeugt hatte, daß sie ihm seinen Rang nicht wegnehmen und den anderen nichts tun würde, wurde sie in die kleine Herde aufgenommen und durfte ihm bald sogar die Mähne kraulen.

Jetzt stehen alle friedlich zusammen, weil der „Boß“ streng auf die Rangordnung achtet, die allen Sicherheit und Geborgenheit und wenig Anlaß zum Streit bietet.

Die Sprache der Pferde

Pferde verständigen sich hauptsächlich durch Körpersprache, also nicht mit der Stimme wie wir Menschen. Ihre Stimme setzen sie nur in Ausnahmesituationen ein. Hier müssen wir uns wieder daran erinnern, daß das Pferd von Natur aus ein Fluchttier und immer auf der Hut vor Gefahren ist. Eine laute Unterhaltung mit der Stimme könnte die Herde verraten. Also verständigen sich Pferde durch Verhaltensweisen, die jedes Fohlen von klein auf lernt.

Lautlose Kommunikation

Die Signale sind oft so fein, daß wir Menschen sie nicht wahrnehmen oder nicht verstehen; einige aber sind sogar Menschen klar, die nicht oft

Dieses Fohlen vertraut seiner Mutter. Solange sie ruhig grast, gibt es keinen Grund zur Aufregung

mit Tieren umgehen. Wenn ein Pferd beispielsweise richtig böse oder wütend ist, so ist sein Gesichtsausdruck ganz eindeutig: Nach hinten angelegte Ohren, mißmutig hochgezogene Nüstern, böse schauende Augen und manchmal sogar gebleckte Zähne – das verstehen auch wir Menschen!
Genauso begreifen wir, was es bedeutet, wenn sich ein Pferd umdreht und einem anderen seine Hinterhand zuwendet. Das heißt im Klartext: „Hau ab, oder es gibt Streit!“ Wird dann noch ein Hinterfuß drohend gehoben, ist die Situation klar, und das bedrohte Pferd wird zur Seite gehen, wenn es keinen Ärger haben will.
Manchmal stehen Pferde aber auch Hinterhand an Hinterhand nebeneinander, und es passiert nichts. Dann senden sie sich feine Signale, die wir Menschen gar nicht auffangen können, und geben sich zu verstehen, daß sie sich freundlich gesinnt sind.
Pferde spüren also die Laune von anderen Pferden, ohne daß diese auch nur einen einzi-

„Hau ab“, signalisiert das linke Pferd dem rechten – es legt die Ohren drohend an und zieht die Nüstern angriffslustig hoch

Aufmerksam und neugierig blickt dieses Fohlen in die Welt. Es gibt ja so viel zu entdecken ...

gen Laut von sich gegeben haben.

Genauso lautlos können sie Stimmungen blitzschnell auf andere Pferde übertragen, beispielsweise Warnung vor Gefahr oder Mißtrauen. Hat eine Herde eben noch ruhig gegrast, so heben dann plötzlich alle wie auf ein Kommando hin die Köpfe, hören zu kauen auf und schauen unruhig und mißtrauisch um sich. Sie orientieren sich an dem Signal des Herdenführers und senken die Köpfe erst dann wieder, wenn sie sehen, daß der „Boß" sich entspannt.

Was Wiehern alles bedeuten kann

All das heißt aber nicht, daß sich Pferde überhaupt nicht mit der Stimme verständigen. Hengste rufen oft laut nach ihren Stuten, sie trompeten regelrecht. Manche Pferde wiehern rufend, wenn sie sich in einer fremden Gegend befinden. Dieses Wiehern bedeutet: „Ist hier jemand? Sind hier Pferde? Meldet euch!" Andere wiehern leise und dunkel, wenn sie sich freuen. Besonders zärtlich ist der Ton, in dem Stuten ihren Fohlen zuwiehern. In Reitställen hört man dieses freudige „Blubbern" oft, wenn das Kraftfutter ausgeteilt wird. Manchmal wiehern Pferde sogar „ihrem" Menschen entgegen, wenn er kommt.

Richtiges Schreien hört man dagegen nur sehr selten – es ist der Ausdruck tiefsten Hasses, wenn beispielsweise zwei Pferde kämpfen.

Wenn Pferde Schmerzen haben, leiden sie schweigend. Nur wenn der Schmerz fast unerträglich ist, stöhnen sie manchmal.

Jeder Hund würde laut jaulen, wenn man ihn mit der Gerte schlüge – Pferde müssen das schweigend erdulden. Könnten sie schreien, würden sie es sicherlich oft tun! Wir müssen uns dessen immer bewußt sein und bei den Pferden auf andere Signale als auf ihre Stimme achten.

Besonders wichtig ist die Körperhaltung: Ein gesundes, kraftvolles Pferd hat den Kopf hoch erhoben, die Ohren spielen rundum, der Gesichtsausdruck ist lebhaft. Ein krankes, erschöpftes Pferd dagegen läßt den Kopf hängen, es steht kraftlos da und nimmt an seiner Umwelt kaum Anteil. Es kann nicht sagen, daß es krank ist – das drückt es mit seiner Körperhaltung aus. Und wir Menschen, die wir mit Pferden umgehen, müssen lernen, ihre Körpersprache so gut wie möglich zu verstehen!

Verständigung ohne Worte

Meiner kleinen neuen Stute, die ihren Platz in der Herde gefunden hat, aber noch nicht alle Pferde genau kennt, passiert es immer wieder, daß sie einem anderen Pferd zu nahe kommt. Denn jedes Pferd hat eine Grenze um sich, die respektiert werden muß. Fast unmerklich für den Menschen verändert dann das bedrängte Pferd seine Körperhaltung, und die kleine Stute spürt, daß sie zu weit gegangen ist. Sofort geht sie einen Schritt zurück, und der Frieden ist wiederhergestellt.

Nur bei ranggleichen Pferden zögert sie und wagt sich manchmal noch einen Schritt weiter auf sie zu, wenn sie ganz mutig ist. Dann droht das bedrängte Pferd deutlicher, indem es den Kopf leicht senkt, die Ohren anlegt und die Nüstern hochzieht. Damit drückt es seinen Unmut darüber aus, daß die Kleine sich ihm so frech nähert. Das wirkt meist, und die Stute gibt nach.

Oft nehme ich sie als Handpferd mit, wenn ich meinen Haflinger Nadir reite. Normalerweise geht sie sehr gesittet neben ihm her, denn sie hat einen Riesenrespekt vor ihm. Manchmal aber packt sie die Rennlust, und sie meint, sie müsse losstürmen. Bevor ich eingreifen kann, hat Nadir das meist schon gemerkt und – ich weiß nicht, wie – ihren Übermut unterbunden. Er legt kaum die Ohren an, und ausschlagen kann er sowieso nicht unter dem Sattel. Er gibt ihr ein feines, aber deutliches Signal, daß sie sich bitte zusammennehmen möchte. Ich bin dann immer ganz verblüfft, aber wir Menschen verstehen eben nur einen kleinen Teil der Pferdesprache!

Die Sprache der Pferde

Ein mißmutiges, schlecht gelauntes Pferd. Die Ohren sind zurückgelegt, über den Augen zeigt sich eine angestrengte Falte und die Maulpartie ist hart – das Pferd preßt die Lippen fest aufeinander

eim herzhaften Gähnen verzieht sich das ganze Gesicht: die Nüstern werden von den ippen gequetscht, die Augen genüßlich geschlossen

Ein verwirrtes, zweifelndes Pferd. Die Ohren sind unsicher seitwärts gerichtet, die Augen blicken ängstlich, und die Nüstern wittern angestrengt

Dieses Pferd ist aggressiv und ängstlich zugleich. Die weit aufgerissenen Augen und der erschrocken hochgeworfene Kopf zeigen seine Ängstlichkeit, während die fest zusammengedrückten Lippen und Nüstern Aggressivität ausdrücken

Ganz lieb, entspannt und freundlich schaut dieses Pferd den Betrachter an – die Ohren nach vorn gerichtet, die Nüstern weit und neugierig geöffnet, die Kopfhaltung entspannt

Das ist eine typische Drohgebärde: tief gehaltener Kopf, Ohren fest nach hinten gelegt, wütend aufgerissene Augen und ein vor Wut fast verzerrtes Maul – solch ein Pferd solltet ihr lieber in Ruhe lassen

Pferde haben einen kleinen Magen und verbringen viele Stunden des Tages mit Fressen – daher ist es so wichtig, ihr Freßverhalten zu kennen

Das Freßverhalten

Der Gedanke ans Futter füllt beim Pferd den ganzen Tag aus, denn sein Magen ist klein und will immer wieder aufs neue gefüllt werden.
Ich habe ja schon erwähnt, daß Pferde als Fluchttiere sich nie „pappsatt" fressen, weil man mit vollem Magen nicht gut laufen kann. In der Natur fressen sie den ganzen Tag über kleine Mengen. Auch auf der Weide ist das so, wenn man die Pferde einigermaßen naturgemäß hält. Damit meine ich: auf nicht zu nahrhaften Weiden, denn Wiesen, wie wir sie mit Düngemitteln künstlich „fett" machen, gibt es in der unberührten Natur fast nie. Dort ist es so, daß es für die Herde ab und zu mal einen guten Weideplatz gibt. Aber der ist in wenigen Tagen abgefressen, und dann ziehen die Tiere langsam grasend weiter.

Auf der Weide

Hält man also Pferde auf großen, mageren Weiden, so entwickeln sie hier auch das natürliche Freßverhalten, das heißt, sie fressen ein paar Stunden, dann dösen sie und verdauen in Ruhe, und wenn ihr Magen wieder leer ist, rupfen sie wieder Grashalm für Grashalm. Man kann es bei Weidepferden beobachten, daß sie einen ganz bestimmten Rhythmus haben, der allerdings bei jedem Pferd anders ist: beispielsweise drei Stunden fressen, zwei Stunden dösen – und das immer im Wechsel.

Kommen die Pferde täglich nur kurze Zeit auf die Weide, so kann es sein, daß sie sich den Magen richtig „vollschlagen", wenn man nicht aufpaßt.

Nach einigen Stunden gemütlichen Fressens legen sich viele Pferde zu einer Ruhepause hin

Daher ist es wichtig, den „Freßrhythmus" seines Pferdes auf der Weide zu beobachten. Frißt es beispielsweise vier Stunden lang und macht dann eine Verschnaufpause, so kann man es nach diesen vier Stunden mühelos von der Weide holen. Würde man das aber nach drei Stunden schon versuchen, so könnte es sein, daß das Pferd sich nicht gern fangen läßt.

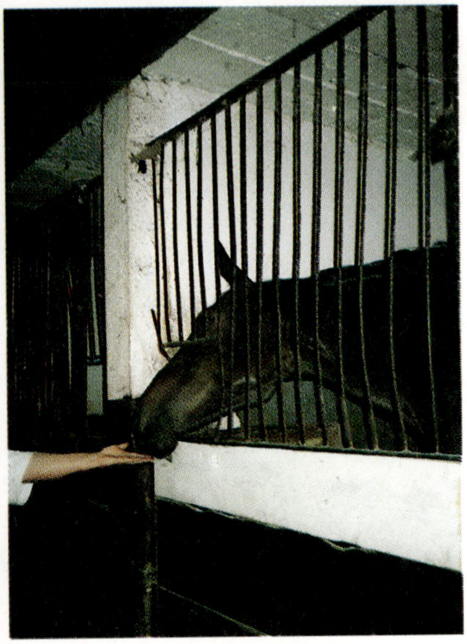

Diese Box hat nur eine kleine Luke, durch die das Futter gereicht wird

Im Stall

Bei Stallpferden ist alles anders. Sie sollten täglich mindestens drei Mahlzeiten bekommen. Rennpferden gibt man fünf bis sieben kleinere Rationen pro Tag, damit ihre Verdauung und damit ihr ganzer Organismus ständig gleichmäßig arbeiten. Je mehr kleine Mahlzeiten, desto gesünder!

Wer beim Füttern morgens schon einmal im Stall war, weiß, was da oft passiert: Man glaubt, man hätte es nicht mit friedlichen Pferden zu tun, sondern mit einem Rudel Löwen oder Tiger, so eine Unruhe herrscht da!

Das kommt daher, daß die Pferde sich die ganze Nacht allein in ihrer Box gelangweilt haben. Ein Weidepferd findet auch nachts hie und da ein Kräutlein, es sieht die Eulen am Himmel oder die Katzen über die Weide streichen. Ein Stallpferd sieht nichts und hat zur Ablenkung nur seine Einstreu, aus der es sich einzelne Hälmchen ziehen kann.

Wenn dann morgens der Pferdepfleger kommt, geht ein Aufatmen durch den Stall: Endlich wieder was los! Die Pferde machen ihrer Erleichterung und ihrer Freude auf das Futter mit Krawall Luft.

Dazu trägt aber auch eine Unart bei, die wirklich nicht mehr sein sollte: In vielen Ställen wird morgens zuerst Kraftfutter gereicht, also Hafer und Pellets. Das ist natürlich das Leckerste überhaupt, und viele Pferde toben richtig in ihren Boxen, bis die Reihe an ihnen ist.

Das muß nicht sein, und gesund ist es auch nicht. Kraftfutter ist schwer verdaulich. Das ist etwa so, als würdet ihr morgens eine kräftige Portion Bratkartoffeln mit Speck essen. Das liegt schwer im Magen und wird euch garantiert Beschwerden machen. Bei den Pferden ist es nicht anders.

Dieses Pferd kann sich beim Fressen in der Box nur um sich selbst bewegen – gesund ist das nicht

Füttern mit System

Man sollte also zuerst Heu füttern. Das beruhigt die Gemüter, denn Heu muß gründlich gekaut werden und füllt den Magen langsam. Ist der Magen dann halb oder zu zwei Dritteln gefüllt und sind die Magensäfte zur Verdauung schon

Die ganze Herde steht hier nebeneinander am Freßgitter. Alle stellen sich der Rangordnung nach hin – so herrscht Frieden

richtig aktiv geworden, dann kann man das Kraftfutter reichen. Zu diesem Zeitpunkt – also etwa eine halbe bis dreiviertel Stunde nach dem ersten Heu – ist bei den Pferden der erste Morgenhunger gestillt, und sie sind nicht mehr gar so gierig. Sie fressen das Kraftfutter dann ruhiger und schlingen es nicht mehr herunter.

Und auf noch einen Punkt muß man beim Füttern im Stall achten, der fast überall vernachlässigt wird: Auch im Stall gibt es eine Rangordnung, und es gibt Pferde, die fast „durchdrehen", sowie das Kraftfutter kommt. In der Herde würden sie ganz schön zusammengestaucht, denn da geht es hübsch der Rangfolge nach. Im Stall dagegen sind die Pferde dem strengen Gesetz der Herde nicht ausgeliefert; also randalieren sie mehr oder weniger aufsässig.

Es hilft nichts, die Randalierer nicht zu beachten oder damit zu „strafen", daß man sie zuletzt füttert. Pferde begreifen das nicht, ihre Intelligenz reicht dazu einfach nicht aus. Hier muß der Mensch klüger sein, scheinbar nachgeben und dem schlimmsten Randalierer zuerst sein Futter geben. Dann ist Ruhe im Stall.

Leider wird das viel zu selten gemacht, und wenn das aufsässige Pferd das Pech hat, am Ende der Stallgasse zu stehen, bekommt es sein Futter zum Schluß. Dann hat es sich schon so „aufgeheizt", daß es viel zu gierig frißt. Und der Pferdepfleger hat dann oft schon solch eine Wut auf den Störenfried, daß er ihm das Futter auch nicht gerade mit freundlichen Worten in den Trog tut. Ich sagte schon, daß Pferde langsam kleine Mengen fressen. Das bedeutet, daß sie Zeit brauchen; und in dieser Zeit sollte man sie nicht stören. Deswegen sollte man Stallpferde nicht vom Fressen wegholen. Schließlich hat man ihr natürliches Freßverhalten schon genug gestört!

Bei Weidepferden ist das einfacher, denn sie haben ihr Futter den ganzen Tag zur Verfügung. Selbst wenn man einmal sehr lange reitet, können sie noch fast die ganze Nacht fressen, denn in der Natur sind Pferde bis zu 16 Stunden täglich mit Fressen beschäftigt!

Bei Auslaufhaltung sind solche Futtereimer praktisch, die den Pferden umgehängt werden und so lange an den Pferdeköpfen bleiben, bis alle aufgefressen haben (Abb. links)

Die beiden Eselchen vertragen sich so gut, daß sie aus Schüsseln gefüttert werden können (Abb. rechts)

Was treibt ein Pferd eigentlich den ganzen Tag?

Wenn man wie ich die Pferde direkt am Haus hat und sie vom Küchenfenster aus in ihrem Auslauf und auf der Weide beobachten kann, dann sieht man, daß sie den größten Teil des Tages mit Fressen verbringen, wenn man sie läßt. Ich lasse sie nicht, weil meine Weiden zu gut und gehaltvoll sind; sie würden sich viel zu dick und fett fressen!

Also kommen meine Pferde nur stundenweise auf die Weide, aber auch so kann ich beobachten, daß sie einen ganz bestimmten Freßrhythmus haben, der bei jedem Pferd etwas anders ist. Eine Zeitlang fressen sie, dann stehen sie da, entlasten gemütlich ein Hinterbein, dösen und verdauen. Nach einer gewissen Zeit haben sie wieder Platz im Magen und rupfen Gras, während sie immer „mit einem Auge und einem Ohr" ihre Umgebung beobachten. Sie sehen alles, was um sie herum geschieht. Manchmal hebt ein Pferd urplötzlich den Kopf und schaut angestrengt in die Ferne; und wenn man genau hinsieht, bewegt sich dort tatsächlich etwas. Erst wenn das Pferd sich überzeugt hat, daß dieses „Etwas" nicht gefährlich ist, frißt es ruhig weiter.

So geht das den ganzen Tag und auch die ganze Nacht, denn Pferde haben nicht denselben Tag-Nacht-Rhythmus wie wir. Wenn sie in der Herde leben, legen sie sich oft auch mittags hin und sinken für eine Weile in Tiefschlaf. Meistens wacht dann ein Herdenmitglied, während die anderen schlafen.

Gegen Abend veranstalten die jungen Pferde meist eine zünftige Rennerei. Ganz plötzlich zwickt ein Jungpferd ein anderes. Das schlägt spielerisch aus und versucht, seinen Kameraden zu fangen – und schon ist das schönste Rennen im Gang! Zuerst umrunden die Jungen die Alten. Dann können meist die Alten auch nicht widerstehen, und im Handumdrehen ist die ganze Herde dabei, im Galopp durch die Weide zu sausen. Irgendwann stehen sie dann alle außer Atem am Zaun, schauen sich mit hocherhobenen Köpfen um und sind ganz aufgedreht.

Anders natürlich Boxenpferde. Ihr Leben ist viel eintöniger, auch wenn sie morgens geputzt und nachmittags geritten werden. Sie haben nicht die Möglichkeit, eine Rennerei anzufangen, wenn ihnen der Sinn danach steht. Daher müssen sie geritten und täglich in einen Auslauf gebracht werden.

Boxenpferde haben viele Stunden der Langeweile und der Einsamkeit zu verbringen, die man ihnen erleichtern sollte, indem man ihnen vielleicht ein paar Zweige in die Box hängt, die sie abknabbern können, oder sie zu einem kleinen Spaziergang herausnimmt.
Manche Reiter meinen, daß Pferde Arbeit zum Leben „brauchen". Aber genau das brauchen sie nicht. Natürlich freut sich auch ein Weidepferd über die Abwechslung, wenn es mit einem Menschen, der es versteht, durchs Gelände reiten kann. Aber es würde es sicher vorziehen, nicht zu arbeiten. Stopft man sie allerdings mit Kraftfutter voll und sperrt sie in Boxen, dann müssen Pferde arbeiten, um ihre überschüssige Kraft loszuwerden. Sonst werden sie krank!
Das darf man nicht vergessen: Von sich aus arbeitet kein Pferd, ihm reichen Fressen, Schlaf und Bewegung, um glücklich zu sein.

Wie Pferde lernen

Pferde lernen durch Erfahrung und in kleinen Schritten.
Dazu muß man wissen, daß sie schwierige Zusammenhänge oft nicht auf Anhieb begreifen können. Sie benötigen viel Zeit, um etwas Neues richtig zu verstehen. Erst wenn sie die Erfahrung gemacht haben, daß eine neue Aufgabe gefahrlos zu bewältigen ist, haben sie wirklich etwas gelernt. Das muß man berücksichtigen, wenn man ihnen etwas beibringen will.
Tatsache ist, daß man sehr viel Erfahrung braucht, um ein Pferd erziehen zu können. Man muß mit sehr vielen Pferden gearbeitet und viel von ihnen gelernt haben, bevor man darangehen kann, selbst auszubilden. Wahrscheinlich kennt ihr auch all die Mäd-

chen, die „ihr Pferd ausbilden“, ihm „das Springen beibringen“ oder „dies und jenes abgewöhnen“ – glaubt ihnen nicht! Die meisten von ihnen sind nur Angeberinnen. Die wirklichen Reiter und Reiterinnen in eurem Alter lernen mit und von den Pferden und sind nicht so arrogant, daß sie meinen, sie könnten den Pferden schon viel beibringen. Das kommt erst viel später.

In kleinen Schritten zum Erfolg

Will man Pferden etwas beibringen, so muß man mit ganz einfachen Dingen anfangen, also beispielsweise mit Führen oder beim Reiten mit dem Schritt geradeaus.

Einem Pferd, das bisher nur gelernt hat, unter dem Reiter im Schritt und Trab geradeaus zu gehen, kann man nicht das Springen beibringen, denn bis zum Springen sind es noch viele Ausbildungsstufen. Überspringt man sie, so begreift das Pferd nicht mehr, was es tun soll. Leider wissen viele Leute das nicht und bestrafen die Pferde dann ungerecht.

Um noch einmal aufs Springen zu kommen: Natürlich (leider!) ist es möglich, ein Pferd mit Gewalt über ein Hindernis zu zwingen, wenn man

Die bekannte Pferdepsychologin Linda Tellington-Jones massiert hier eine schmerzende Stelle am Pferdekopf. Der Schimmel lernt so, sich zu entspannen

Die Ausbilderin zeigt einem ängstlichen Pferd in aller Ruhe, daß die am Boden liegenden Reifen gar nicht so furchtbar sind

Das Pferd darf die Reifen beriechen und anschauen – so verliert es seine Angst

nur brutal genug ist. Aber so wird es nie ein zuverlässiges Springpferd werden, mit dem man harmonisch einen Parcours absolvieren kann, weil es immer nur aus der Angst heraus springt, sonst bestraft zu werden.

Ein richtig ausgebildetes Springpferd hat dagegen gelernt, im gleichmäßigen Takt zu galoppieren, dann über Stangen und Cavalettis zu gehen und später spielerisch über ein kleines Hindernis zu springen. Nach diesem einen Sprung wurde es ausgiebig gelobt und in Ruhe gelassen, damit es das Gelernte erst einmal verarbeiten konnte. Nichts hat ihm weh getan, im Gegenteil, es bekam Lob! Ein Pferd mit solchen Erfahrungen springt natürlich viel gelassener und lieber als ein Pferd, das nur mit Zwang dazu gebracht wurde.

Zum Lernen gehören Vertrauen und Zeit. Denn nur, wenn das Pferd dem Menschen vertraut und sich bei ihm sicher fühlt, kann es ihm überhaupt in Ruhe „zuhören" und sich auf ihn konzentrieren. Zeit braucht das Pferd zum Begreifen, weil es nun mal

Dieses Pferd hat schon gelernt, korrekt zu springen

Angebunden stehen – das müssen Fohlen als erstes lernen

nicht so intelligent ist. Es muß manchmal erst länger überlegen oder ausprobieren, bis es etwas begriffen hat. Hat es aber einmal etwas richtig verstanden, dann sitzt das für immer!

Das Fohlen probiert, ob es loskommen kann. Aber es ist fest angebunden und ergibt sich bald in sein Schicksal – es lernt, daß es angenehmer steht, wenn es nicht zieht

Erste Erfahrungen mit Menschen

Ich möchte euch erzählen, was Fohlen als erstes lernen müssen, um selbständig zu werden, nämlich das Halfter zu tragen und angebunden stehenzubleiben. Im Gangpferde-Zentrum Aegidienberg im Siebengebirge bei Bonn lernen das alle Absatzfohlen gemeinsam an einem Tag, und zwar folgendermaßen:
Im Winter, wenn sie schon selbst fressen können, werden sie von ihren Müttern getrennt und gemeinsam in eine kleine Halle getrieben, die so eng ist, daß sie zwar alle hineinpassen, aber nicht herumrennen können. Die erste Nacht ohne Mutter ist schlimm für die Kleinen, und sie wollen meist nicht fressen.
Morgens kommen dann die Ausbilder in die kleine Halle und legen einem Fohlen nach dem anderen ein Halfter an.
Die meisten Pferdekinder sind viel zu verblüfft und verängstigt, um sich zu wehren. Dann werden sie von zwei bis drei Helfern zum Ausgang bugsiert – oft mehr getragen, als daß sie selbst gehen.

Direkt vor der Halle befindet sich ein langer stabiler Anbindebalken, an den jetzt ein Fohlen neben dem anderen angebunden wird. Das Anbinden geht ganz schnell, so daß die Kleinen es gar nicht so recht mitbekommen. Erst wenn sie von dem Balken weggehen wollen, merken sie, daß sie festgebunden sind – und dann müssen sie lernen! Manche Fohlen stemmen sich minutenlang mit aller Kraft ins Halfter, andere toben ein bißchen herum, wieder andere werfen sich sogar auf den Boden. Die Menschen stehen dabei und tun gar nichts. Die Fohlen müssen selbst lernen, daß das zwickende Halfter sofort zu zwicken und zu drücken aufhört, wenn sie aufhören zu toben und zu ziehen.
Nach spätestens einer halben Stunde hat auch das ängstlichste oder aufsässigste Fohlen begriffen, daß ihm nichts passiert. Die Menschen schauen nur aus der Entfernung zu und passen auf, daß sich kein Fohlen ernsthaft verletzt.
Dann dürfen die Kleinen eine Zeitlang gemeinsam ruhig in der Mittagssonne stehen. Erst wenn sie sich völlig beruhigt haben, kommen zwei oder drei Menschen und gehen langsam durch die Reihen der Fohlen und berühren jedes einzelne leise redend und freundlich. Die Kleinen machen die Erfahrung, daß Angebundensein nicht weh tut, wenn sie sich nicht wehren, und daß das Streicheln der Menschen angenehm ist. Denn die Menschen kraulen sie listigerweise genau dort, wo Pferde sich selbst nicht gut kratzen können – beispielsweise am Widerrist.
Müde und erschöpft haben die Fohlen nachmittags ihre erste sehr wichtige Lektion gelernt: Der Mensch ist stärker, Pferde müssen ihm nachgeben. Und sie haben diese Lektion gelernt, indem sie selbst herausfinden konnten, was für sie angenehm ist. Diese Erfahrung werden sie nie vergessen, und kluge Lehrer lassen Pferde immer nach diesem Schema lernen: daß sie Erfahrungen machen können, die für sie positiv sind!

Wer ist stärker: Mensch oder Pferd?

Mühelos könnte dieses Pferd tun, was es will, denn es ist körperlich stärker als der Mensch. Aber die Reiterin ist „im Kopf" stärker, und das ist ausschlaggebend

Ponys wiegen etwa sieben bis neun, große Pferde im Durchschnitt 12 bis 14 Zentner. Und die riesigen Kaltblüter bringen sogar bis zu 22 Zentner auf die Waage – das ist eine Riesenmasse! Klar, daß Pferde viel mehr Kraft haben als wir Menschen.

Aber wir Menschen sind intelligenter als die Pferde, und wir können ihr Wesen erkennen und für uns nutzen. In der Natur ist nicht das Pferd mit der meisten Kraft der Herdenchef, sondern das mit der größten Intelligenz. Tiere fühlen so etwas sehr genau.

Stärke durch Intelligenz

Pferde beugen sich dem Intelligenteren – so auch dem Menschen! Er hat Mittel erfunden, ihnen sehr schnell zu beweisen, daß er der Stärkere ist. Solch ein Mittel ist beispielsweise die Trense, mit der ein re-

Das Pferd ist stärker als der Reiter – und was tut der? Er legt ihm ein scharfes schmerzendes Gebiß ein, um es dirigieren zu können – das ist sehr unfair!

Dieses Pferd wird nur mit einem Halsring geritten – dazu gehört viel Vertrauen, und man sollte es nur in eingezäuntem Gelände tun

lativ schwacher Mensch auch ein viel stärkeres Pferd führen kann. Denn das Pferd merkt schnell, daß es ihm weh tut, wenn es sich wehrt.

Wir müssen also zugeben, daß wir unseren Verstand dazu benutzen, das Pferd in gewisser Weise durch Gewalt zu beherrschen. In dem Kapitel über das Lernen der Pferde sagte ich ja schon, daß Pferde als erstes lernen, dem Druck zu weichen, weil er ihnen unangenehm ist. Und wir Menschen üben Druck auf die Pferde aus, das ist ganz klar.

Das hört sich nicht schön an, und viele von euch sagen vielleicht: „Stimmt nicht, mein Pferd ist mein allerbester Freund!" Das ist aber nicht ganz richtig: Es ist ein Freund, der das tun muß, was ihr von ihm wollt. Gehorcht euer Pferd nicht, dann straft ihr es oft genug. Oder? So ganz stimmt das mit der Freundschaft dann also doch nicht!

Die Verantwortung trägt der Mensch

Es ist ganz wichtig, sich ständig bewußt zu machen, daß wir Menschen unsere Intelligenz zum Beherrschen der Tiere benützen, denn das gibt uns eine große Verantwortung. Wir dürfen unsere Stärke niemals mißbrauchen, um von Pferden mehr zu verlangen, als sie wirklich ausführen können. Sicherlich habt ihr schon einmal den Satz gehört: „Der hat das Pferd kaputtgeritten." Was das heißt? Ein Reiter hat ein Pferd völlig überfordert, bis vielleicht seine Sehnen oder Muskeln oder Knochen entzündet und krank waren. Das Pferd hat sich dem stärkeren Willen des Menschen gebeugt und ist vielleicht gesprungen und gerannt, weil der Mensch es von ihm verlangte, obwohl ihm der ganze Körper weh tat.

Wir Menschen als die Stärkeren müssen immer darauf achten, daß wir den Pferden kein Unrecht tun und sie nicht überfordern – nur, weil wir es könnten. Stärke ist nicht nur Macht, sondern auch die Verantwortung für ein schwächeres Wesen!

Beherzt geht das Pferd ins tiefe Wasser. Es vertraut seinem Reiter

Auf körperliche Stärke kommt es hier nicht an

Wo sind die Grenzen meiner Stärke?

Mein Haflinger mußte wegen einer Verletzung einige Wochen lang in der Box stehen. Nachdem er jahrelang im Offenstall mit anderen Pferden zusammengelebt hatte, gefiel ihm das natürlich überhaupt nicht. Nach einigen Wochen schien er sich trotzdem in sein Schicksal gefügt zu haben. Aber als ich ihn dann zum ersten Mal wieder herausholte, um ihn „vorsichtig zu führen", wie der Tierarzt es angeordnet hatte, ging er regelrecht in die Luft: Er sprang in die Höhe, schlug nach allen Seiten aus, stieg und platzte fast vor Lebenslust. Daß ich ihn am Führstrick hielt, interessierte ihn dabei überhaupt nicht. Er übersah mich in seiner Riesenfreude einfach, riß sich los und rannte im Hof herum. Ich flog dabei auf die Nase und hatte am nächsten Tag natürlich Angst, ihn zu führen.
Daraufhin habe ich einen kräftigen Mann gebeten, „mein geliebtes Ungeheuer" zu führen – und das hat der Fuchs sich gemerkt! Seitdem weiß er, daß er beim Führen stärker ist als ich. Das bekomme ich jedesmal zu spüren, wenn er seinen Willen durchsetzen will. Seitdem steige ich in gefährlichen Situationen niemals ab, denn das würde sein Vertrauen in mich erschüttern, und er würde die Führung übernehmen. Solange ich im Sattel sitze, bin ich der „Boß"; wenn ich ihn am Führstrick habe, muß ich darum immer wieder kämpfen.
Man muß also seine eigenen Grenzen erkennen und danach handeln, das ist ganz wichtig.

Pferde kennenlernen – das geschieht nicht nur beim Reiten! Beim Spazierengehen bildet sich oft ein viel engerer Kontakt

Den richtigen Umgang mit Pferden kann man lernen

Ein oder zwei Stunden Reitunterricht in der Woche sind zu wenig, um zu lernen, mit Pferden richtig umzugehen. Leider lernt man in vielen Reitschulen nicht einmal, sie richtig zu putzen und zu satteln, sondern man bekommt in der Reithalle das bereits gesattelte Pferd hingestellt. Wenn man Glück hat, darf man es nach der Stunde etwas trockenführen und vielleicht noch in seine Box bringen. Das Ergebnis ist, daß man nach einigen Jahren wahrscheinlich ganz gut reiten kann. Aber vom richtigen Umgang mit dem Pferd hat man keine Ahnung!

Viel besser ist eine Reitschule, in der die Schüler „ihre" Schulpferde unter der Aufsicht des Reitlehrers selbst putzen und satteln dürfen. Das schafft gleich einen ganz anderen Kontakt zum Pferd!

Der Traum vom Pflegepferd

Besonders gut ist es natürlich, ein Pflegepferd zu bekommen. Das heißt, man darf sich regelmäßig um ein bestimmtes Pferd kümmern, es putzen, vielleicht mit ihm spazierengehen und es manchmal sogar reiten. Das Wichtigste daran ist der Kontakt mit dem Pferd, der Umgang mit ihm. Ein Pflegepferd ist eine tolle Sache, und deshalb sind Pflegepferde auch so begehrt.

Habt ihr aber eines „ergattert", dann werdet ihr viel von ihm lernen, denn ihr habt ja dann die Möglichkeit, euch viel und lange mit ihm zu beschäftigen. Zu Anfang ist es natürlich notwendig, daß der Besitzer euch viel über das Pferd erzählt, beispielsweise, was es nicht mag. Manche Pferde lassen sich an bestimmten Körperstellen nicht gern berühren, weil sie dort kitzlig sind. Andere wiederum haben vielleicht Angst vor Plastiktüten oder Besen. Jedes Pferd hat kleine Eigenheiten, die ihr kennen müßt, um nicht in Gefahr zu kommen.

Ihr solltet nicht enttäuscht sein, wenn ihr zu Anfang nur wenig mit „eurem" Pferd machen dürft. Der Besitzer muß ja erst einmal Vertrauen zu euch fassen und sicher sein, daß er euch sein Pferd beispielsweise für einen Spaziergang anvertrauen kann.

Eines dürft ihr nie vergessen: Euer Pflegepferd gehört euch nicht! Und selbst, wenn ihr mit dem, was der Besitzer mit ihm macht, nicht einverstanden seid, solltet ihr vorsichtig mit Kritik sein. Es könnte nämlich sein, daß ihr noch nicht ganz versteht, warum er beispielsweise in manchen Situationen hart durchgreift

Ein Pflegepferd – oft fast schon wie das eigene. Ihr dürft es pflegen, mit ihm spazierengehen und es vielleicht sogar reiten

oder das Pferd anders behandelt, als ihr es tun würdet. Ihr solltet euch also gut überlegen, ob es richtig und nötig ist, etwas zu sagen oder ob ihr lieber schweigt und statt dessen versucht, das Pferd ein bißchen mehr zu verwöhnen und mehr Zeit für es zu haben. Daß ihr bei echter Tierquälerei natürlich nicht mehr den Mund halten dürft, ist ja wohl selbstverständlich!

In den Ferien Erfahrungen sammeln

Eine andere sehr gute Möglichkeit, den Umgang mit Pferden zu lernen, sind Reiterferien. Wenn ihr nicht so sehr aufs Turnierreiten aus seid, solltet ihr keinen Kurs buchen, sondern einfach einen fröhlichen Reiterurlaub mit vielen Pferden und Ponys. Achtet dabei auf Betriebe, bei denen ihr die Pferde selbst putzen, von der Weide holen und zur Weide bringen dürft. Stehen die Pferde nämlich in Boxen, und ihr reitet zweimal am Tag eine Stunde, dann habt ihr das gleiche wie in der Reitschule zu Hause. In den Ferien solltet ihr sehen, daß ihr etwa die Hälfte des Tages mit den Pferden zusammensein dürft und genügend Zeit habt, sie zu beobachten, mit ihnen spazierenzugehen und sie zu versorgen. Denn nur so lernt ihr, wie man das richtig macht.

Reiterferien – kein Wunder, daß die beiden Mädchen strahlen! Wenn Reiterinnen und Pferde so korrekt ausgerüstet sind wie auf diesem Bild, dann kann es losgehen!

Zwei, die sich verstehen

Wer hat schuld?

Ganz wichtig für den richtigen Umgang mit Pferden ist ein Satz, den mein pferdeerfahrener Großvater mir immer sag-

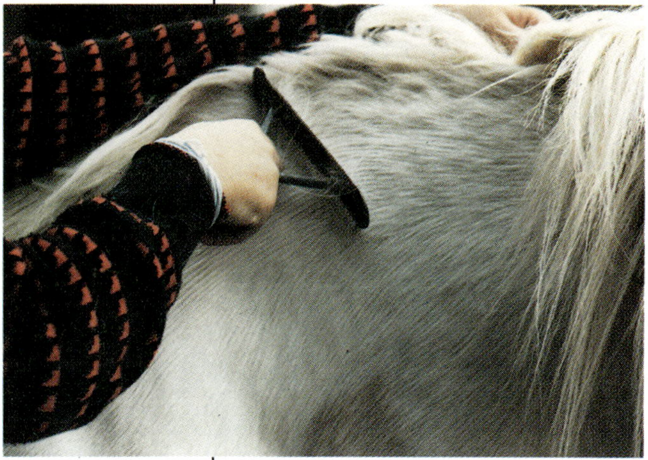

Auch beim Putzen müßt ihr vorsichtig und freundlich mit den Pferden umgehen, um ihr Vertrauen nicht zu enttäuschen

te, wenn ich meinte, mein Pony hätte wieder mal „Mist gemacht“: „Das Pferd hat nie schuld, die Schuld hat immer der Mensch!“ Er hatte recht: Fast immer, wenn ein Pferd etwas „falsch“ macht, müssen wir zugeben, daß es im Grunde unsere Schuld ist: Wenn es in den Anbindestrick tritt, dann war der zu lang. Wenn es sich nicht leicht in den Pferdeanhänger verladen läßt, dann hat man es ihm nie richtig beigebracht oder es hat schlechte Erfahrungen mit dem Transportieren gemacht!

Zwar gibt es unter den Pferden auch ein paar ganz pfiffige, die wissen, wie sie „ihren“ Menschen austricksen können. Aber auch dann liegt es an ihm – schließlich läßt er sich austricksen!

Es hilft also nichts: Wenn's mal wieder nicht so richtig geklappt hat, nicht mit dem Pferd schimpfen, sondern den

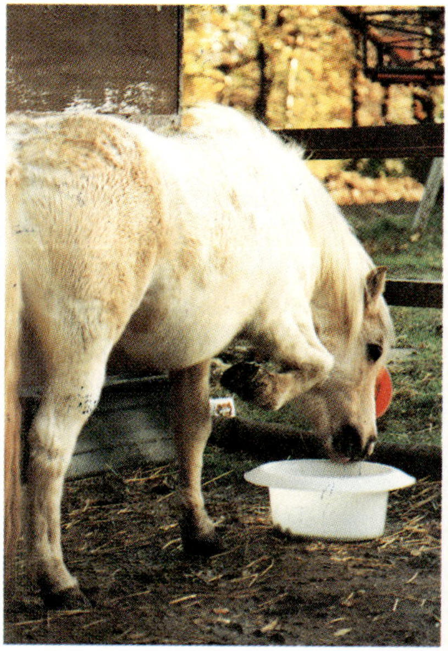

Dieses Pony ist so gierig, daß es noch „bettelt“, wenn das Futter schon vor ihm steht. Schuld daran ist die mangelnde Erziehung

Fehler bei sich selbst suchen! Ihr habt ja bis hierhin schon eine Menge über Pferde gelesen und wißt schon ziemlich viel über sie. Dieses Wissen müßt ihr im Umgang mit dem Pferd anwenden.

Die richtige Selbsteinschätzung

Ihr müßt lernen, eure Fähigkeiten zu erkennen. Pferde ordnen sich leicht unter, das wißt ihr ja. Schulpferde haben gelernt, daß sie praktisch allen Menschen gehorchen müssen. Deshalb können auch ganz unerfahrene Reitschüler mit ihnen umgehen. Und man muß sagen: Schulpferde wer-

den nicht immer sanft behandelt!
Bei den sogenannten Privatpferden ist das schon anders. Sie haben die Möglichkeit, die Stärken und Schwächen ihres Besitzers herauszufinden. Und sie wären keine Naturkinder, wenn sie die Schwächen nicht ausnützen würden; in der Herde tut man das auch, also ist das ihr gutes Recht.
Habt ihr Angst, ein bestimmtes Pferd zu reiten, so wird es das sofort merken. Denn seine Instinkte sind viel feiner als eure – und es wird sich gegen euch wehren, weil ihr nicht „stärker" seid: Ihr habt Angst. In der Reitstunde steht in der Mitte der Reitbahn immer noch der Reitlehrer oder die Reitlehrerin, vor welchen das Pferd Achtung hat. Reitet ihr aber allein, müßt ihr euch selbst Respekt verschaffen. Das geht nicht mit Sporen und Gerte, sondern nur über reiterliches Selbstbewußtsein, das aus dem Wissen und der Erfahrung kommt.
Ihr wißt ja selbst, daß es in der Reitschule „Anfänger-" und „Fortgeschrittenen-Pferde" gibt. Jeder fängt mit dem bravsten und ruhigsten Pferd an und arbeitet sich langsam „nach oben". Versucht nicht, einige Sprossen dieser Leiter zu überspringen – es geht nicht!
Vielleicht schafft ihr es wirklich mal, für eine Stunde eines der schwierigeren Pferde einigermaßen zu reiten. Aber schon in den nächsten Stunden werdet ihr feststellen, daß ihr mit diesem Pferd noch nicht ganz mithalten könnt. Natürlich könnt ihr von ihm

Der Reitlehrer ist für die meisten Pferde eine wichtige Respektsperson. Wieviel Achtung sie vor ihren Reitern haben, stellt sich oft erst heraus, wenn der Reitlehrer nicht dabei ist

lernen. Aber das geht nur, wenn die Respektsperson Reitlehrer dabei ist. Daran merkt ihr, daß ihr das Pferd noch nicht ganz selbständig reitet.
Es bringt also nichts, wenn man als Anfänger gleich nach den Sternen greift. Ihr müßt euch selbst genügend Zeit lassen, das Reiten und den Umgang mit Pferden gründlich zu lernen, bevor ihr etwas von ihnen fordert.

Schulpferde: Bitte etwas mehr Verständnis!

Schulpferde haben meist kein leichtes Leben. Das wißt ihr sicherlich, wenn ihr Reitunterricht nehmt.
Jedes Schulpferd sollte gründlich ausgebildet sein, eine pferdegerechte Unterkunft und gutes Futter haben und jeden Tag einige Stunden in einem Auslauf oder auf einer Weide sein dürfen. Solch ein Pferd ist im Unterricht willig und bringt den Reitschülern bei, sich richtig zu verhalten, weil es selbst ausgeglichen ist und gelernt hat, nur auf korrekte Anweisungen zu reagieren.
Die Wirklichkeit sieht leider oft anders aus – auch das wissen diejenigen von euch, die schon einige Zeit in Reitschulen reiten. Viele Pferde müssen täglich viel zu lange arbeiten, sind in der restlichen Zeit in einer dunklen Box untergebracht und werden oft nicht besonders liebevoll behandelt. Gegenüber den Privatpferden sind sie meist benachteiligt.
Das ist nicht richtig und sehr undankbar gerade diesen Pferden gegenüber, die ja viel erdulden müssen. Denn es ist bestimmt keine leichte Arbeit, auch nur eine Stunde lang einen Reiter auf dem Rücken zu tragen, der dem Pferd in den Rücken plumpst, sich ungeschickt am Zügel festhält und manchmal sogar brutal die Hakken reinhaut, wenn das Pferd „nicht gehen will".
Die wenigsten Reitschüler sehen ein, daß es an ihnen liegt, wenn ein Pferd nicht richtig geht. Sie behandeln gerade langsamere oder schon abgestumpfte Pferde oft mit großer Verachtung. „Die Bella will ich nicht reiten, die ist zu lahm", oder „Die lahme Ente ist nur was für Anfänger" – wer von euch hat solche Sätze nicht schon mal gehört oder gar selbst gesagt ...

Erstaunlich ist, wie gut „die lahme Ente“ dann manchmal geht, wenn ein wirklich guter Reiter oben sitzt. Für das Pferd muß solch ein Reiter eine echte Erholung sein, und den anderen Reitern sollte es zu denken geben!
Viele Reitschüler urteilen viel zu schnell über Schulpferde. Dabei haben sie am allerwenigsten das Recht dazu, denn sie können den Wert dieser Pferde meist gar nicht ermessen. Wie geduldig stehen die Schulpferde, wenn ein Reitschüler zum achten oder neunten Mal ungeschickt versucht, sich in den Sattel zu ziehen! Wie gehorsam galoppieren sie Runde um Runde in der Reithalle, obwohl man ihnen oft ansieht, daß sie schon müde sind! Und wie wenig Streicheleinheiten bekommen sie gegenüber den Privatpferden!
Andere Schulpferde werden von der ungeschickten Zärtlichkeit der Reitschüler fast erdrückt: Jeder will ihnen etwas Gutes tun, jeder will sie „noch ein Stück führen“, obwohl sie vielleicht lieber einen Grashalm am Wegrand naschen würden.
Schulpferde müssen mit viel Unverstand der Menschen fertig werden und trotzdem hart arbeiten, meist härter als die Pferde in privatem Besitz. Jede Stunde müssen sie sich auf einen neuen Reiter einstellen, jede Stunde dasselbe Einerlei von immer denselben Fehlern, die Reitschüler machen ...
Ich denke, man sollte viel Achtung vor Schulpferden haben und besonders viel Wert darauf legen, daß sie richtig behandelt werden. Mehr als drei Stunden sollte kein Schulpferd hintereinander in der Reitbahn gehen. Das Argument: „Früher mußten Pferde auch acht bis zehn Stunden arbeiten!“ gilt nicht, denn das war meist ruhige Schrittarbeit vor dem Pflug oder der Egge, die von vielen Pausen unterbrochen war. Das ist mit der Arbeit in der Reitschule überhaupt nicht zu vergleichen.
Das „lahmste“ Pferd der Gruppe sollte nicht mit Verachtung gestraft werden. Bedenkt mal, wie viele Menschen auf diesem Pferd vermutlich schon reiten gelernt haben und heute „bessere“ Pferde reiten, die es leichter haben als „die lahme Ente“. Auf Schulpferde wird oft herabgeschaut, wenn man schon besser reiten kann – sehr zu Unrecht, denn ohne sie hätte man es ja schließlich nicht gelernt!

So viele Haare verlieren Robustpferde im Fellwechsel schon bei einigen Strichen mit dem Striegel

Kennenlernen beim Pferdeputzen

Ihr habt in dem Kapitel über Berührung schon gelesen, daß sich befreundete Pferde einen Freundschaftsdienst erweisen, indem sie sich gegenseitig kraulen.

So sollte auch das Putzen für die Pferde eine angenehme Sache sein, bei der sie sich richtig angenehm entspannen können. Leider ist es aber oft anders. Sicherlich habt ihr schon mal gesehen, wie ein Pferd versuchte, dem Striegel auszuweichen oder gar unwillig ausschlug, wenn es mit dem harten Striegel am Bauch geputzt wurde. Meist bekommt das Pferd dann einen „Anraunzer“ von demjenigen, der es putzt. Solche Menschen denken gar nicht darüber nach, daß sie den Pferden mit dem Striegel nicht wohl, sondern weh tun.

Putzen mit Verstand

Ein junges Pferd kennt es noch nicht, überall am Körper vom Menschen berührt zu werden. Es muß erst lernen, daß diese Berührung angenehm sein kann. So wird es vielleicht zusammenzucken, wenn man es unter dem Bauch putzen will oder beim ersten Mal erschrokken das Bein wegziehen, wenn die Bürste es berührt.

Putzt man es aber behutsam, so wird es bald merken, wie schön es ist, wenn die Bürste kräftig oder sanft über seinen Körper fährt, und es wird das Putzen genießen wie das Streicheln – so sollte es sein!

Damit es für das Pferd angenehm ist, muß man allerdings „richtig“ putzen – nicht so, daß es dem Pferd weh tut. Viele

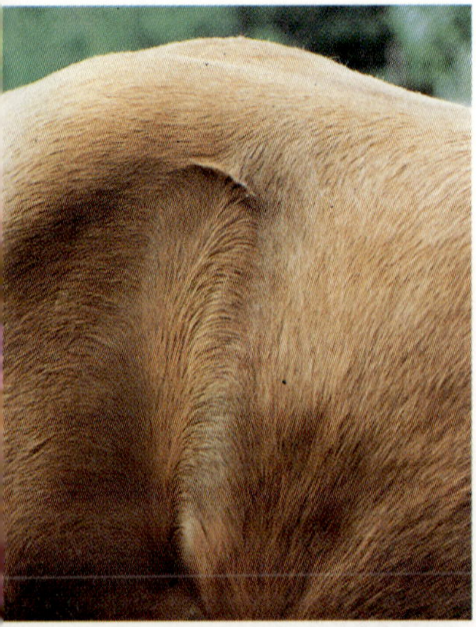

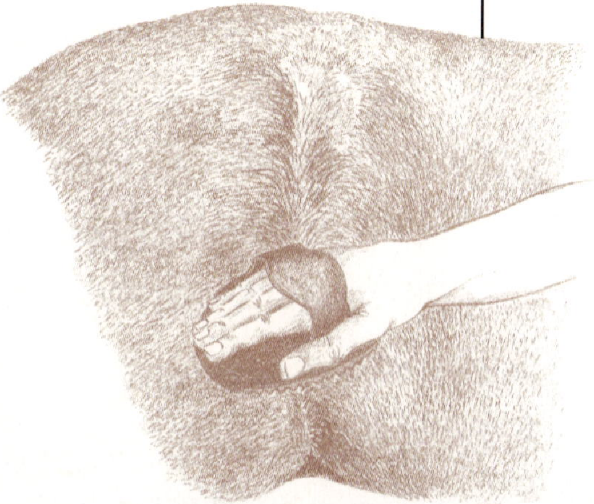

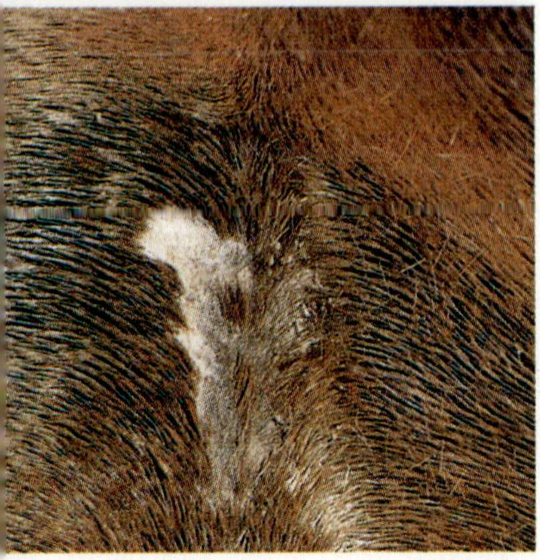

Man darf nie mit dem Striegel an die Körperpartien gehen, an denen Knochen fühlbar sind, also an die Beine oder ans Gesicht. Das würde weh tun! Ungefähr so, wie wenn ihr mit einem harten Gegenstand über euer Schienbein fahrt – das mögt ihr sicher auch nicht!
Putzt ihr euer Pflegepferd, so kennt ihr natürlich die Stellen, die es besonders gerne mag. Es Leute gehen kräftig mit dem Eisenstriegel gegen den Fellstrich und wundern sich dann, wenn die Pferde sich wehren. Das Fell wächst ja nicht zufällig in eine bestimmte Richtung auf dem Körper!
Viel besser ist es, auch mit dem Striegel in Fellrichtung zu putzen. Der Schmutz geht genauso gut heraus. Man muß vielleicht ein paar Striche mehr tun; aber was macht das schon aus!

Geputzt wird immer mit der Fellrichtung, niemals gegen den Strich

Beim Putzen erfährt man viel über Pferde. Auf dem Bild links oben seht ihr, wie das Fell eines gesunden, gepflegten Pferdes aussieht. Das Pferd links unten ist wohl vernachlässigt worden – solche verletzten Stellen müssen mit größter Vorsicht geputzt werden

... da lohnt sich das Putzen!

wird dann den Kopf genüßlich vorwärts strecken, und manchmal macht es mit den Lippen auch Bewegungen, als wolle es einen Partner kraulen. Wendet ein Pferd euch beim Putzen freundlich seinen Kopf zu, dann braucht ihr nicht zu befürchten, daß es euch beißen will (ihr kennt ja den drohenden Ausdruck mit angelegten Ohren und hochgezogenen Nüstern!). Es will euch nur genauso schön kraulen, wie ihr es tut!

Ob ihr es ihm erlaubt, muß ich euch überlassen. Ich erlaube es meinen Pferden, denn ich freue mich über ihre Zutraulichkeit und nehme dieses sanfte Massieren als Freundschaftsbeweis. Bei Pferden, die ihr nicht wirklich gut kennt, müßt ihr mit so etwas natürlich vorsichtig sein!

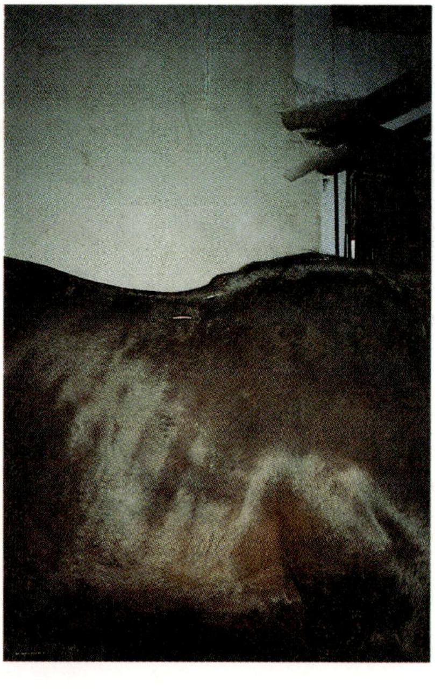

Einen solchen Satteldruck darf man nicht mit der Bürste berühren, sondern höchstens mit einem weichen Tuch vorsichtig darübergehen, bis die Schwellung ganz verheilt ist

Was fehlt dem Pferd?

Drückt ein Pferd plötzlich den Rücken weg, wenn ihr dort putzt oder geht es zur Seite, wenn ihr an den Bauch kommt, dann solltet ihr sofort nachschauen, ob an dieser Stelle etwas nicht in Ordnung ist. Am Rücken könnte es ein beginnender Satteldruck sein. Den erkennt ihr daran, daß die Stelle etwas erhöht und warm ist. Am Bauch könnte es ein Insektenstich oder ein Gurtdruck sein, am Bein eine schmerzende Sehne. Jedesmal, wenn das Pferd dem (sanften!) Striegel oder der Bürste ausweicht, müßt ihr hellwach werden, denn damit zeigt es euch, daß ihm an dieser Stelle etwas weh tut. Auch wenn ihr selbst nichts entdecken könnt, solltet ihr dem Pferdebesitzer Bescheid sagen. Es gibt viele Krankheiten, die das Pferd heute schon fühlt, der Mensch aber morgen erst sieht.

Die Erziehung

Ihr könnt beim Putzen aber nicht nur feststellen, ob das Pferd sich wohl fühlt, sondern

auch, ob es eine gute Erziehung gehabt hat. Dazu gehört beispielsweise, daß es gesittet stillsteht, wenn es angebunden ist. Es soll nicht ständig hin und her treten, während es geputzt wird. Auf das Kommando „Fuß“ soll es, wenn ihr sein Fesselgelenk berührt, den Huf einige Zentimeter hochheben und hochhalten, bis ihr ihn ausgekratzt habt.
Tut das Pferd dies nicht, kann das zwei Gründe haben: Der eine ist, daß es das nie ordentlich gelernt hat und gar nicht weiß, was ihr von ihm verlangt. Der zweite könnte sein, daß das Pferd euch nicht ernst nimmt und meint, es müsse euch nicht gehorchen.
Ihr könnt herausfinden, was es wirklich ist, indem der Besitzer oder eine andere „Respektsperson“ die Hufe hochhebt.

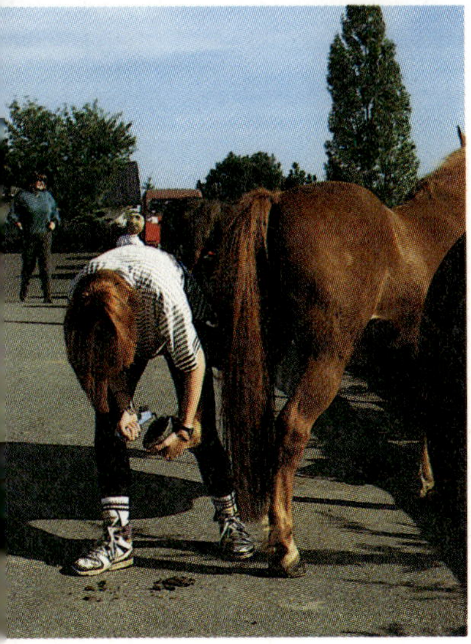

Hufeauskratzen – bitte täglich!

Hält das Pferd sie dann einwandfrei hoch, so weiß es, worum es geht und nimmt euch bloß nicht ernst. Das bedeutet, daß ihr noch an Ansehen gewinnen müßt. Sicherlich ist dies nicht die einzige Situation, in der das Pferd nicht tut, was ihr von ihm verlangt.
Gibt es die Hufe aber auch bei der Respektsperson nicht, dann weiß es vermutlich gar nicht, worum es geht. Das Hufegeben sollte ihm dann ein erfahrener „Pferdemensch“ beibringen. Und ihr wißt, daß dieses Pferd nie eine gute Grunderziehung hatte. Es wird also auch viele andere Dinge nie ordentlich gelernt haben wie beispielsweise korrekt neben dem Menschen am Führstrick zu gehen oder still neben ihm zu stehen, wenn der Mensch stillsteht.
Bei solch einem Pferd müßt ihr ein bißchen nachdenken und kombinieren und es ihm nicht übelnehmen, wenn es manchmal etwas verkehrt macht. Schimpfen hilft da nichts. Besser ist es, jemanden zu finden, der dem Pferd die Grundbegriffe der guten Erziehung beibringt. Daß ihr das nicht allein tun solltet, weil ihr ja selbst noch lernt, ist hoffentlich klar ...!

Gutes Putzzeug ist wichtig, die Striegel und Bürsten müssen einwandfrei sein

Für die Augen nimmt man einen weichen Schwamm

Auch Pferde haben Launen

Beim Putzen merkt ihr auch, welche Laune euer Pferd heute hat. Nicht nur Menschen haben manchmal einen schlechten Tag – Pferde auch. Vielleicht liegt es am Wetter oder daran, daß das Pferd am Vortag viel arbeiten mußte; jetzt ist es unwillig, weil man es schon wieder zur Arbeit holt. Oder es ist in einer Ausbildungsphase, die ihm Mühe bereitet: Vielleicht wird es gerade angeritten und hat Muskelkater. Oder es hat die gestrige Lektion noch nicht ganz begriffen und hat Angst davor, was heute auf es zukommen mag. All das sollte man bedenken, wenn das Pferd mißmutig oder schlechtgelaunt mit zum Putzplatz kommt. Dann solltet ihr es nicht schimpfen, sondern freundlich und zärtlich mit ihm sein und es aufmuntern. Das wird ihm den Arbeitstag erleichtern!

Manchmal aber haben gerade junge Pferde nichts als Unsinn im Kopf, wenn man sie putzt. Sie nehmen die Bürste ins Maul und schleudern sie durch die Stallgasse, zwicken einen spielerisch ins Bein und nehmen den Kopf so hoch, daß man ihn nicht erreichen kann.

Das kann einen schon nerven; aber ihr solltet bedenken, daß das Pferd einfach gute Laune hat und verspielt ist, während ihr vielleicht „auf den letzten Drücker" putzt. Woher soll das Pferd dies wissen? Mit seiner Spielerei fordert es euch auf, mitzuspielen. Natürlich könnt ihr das nicht tun. Aber ihr solltet zumindest freundlich sein, wenn ein Pferd euch so fröhlich auffordert.

Denkt immer daran: Putzen soll für das Pferd angenehm sein, der angenehme Beginn der Arbeit. Wie oft sieht man

Reiter, die den Kopf, der sich ihnen freundlich zuneigt, grob zur Seite stoßen; und wie oft bekommt ein Pferd, das ganz bestimmt nicht beißen, sondern nur ein bißchen schmusen wollte, einen harten Schlag auf die Nase! So etwas ist gemein, weil das Pferd sich angebunden ja überhaupt nicht wehren kann.

Aufschlußreiches über Pferde und Menschen

Man kann beim Putzen viel über ein Pferd lernen. Ob es gern geputzt wird – dann hat es damit angenehme Erfahrungen gemacht; ob es Angst vorm Putzen hat – dann war es früher in groben Händen; und ob es auf euch zukommt – das ist natürlich das Schönste.
Man kann aber auch über die Menschen etwas lernen, wenn man ihnen beim Pferdeputzen zuschaut: Reiter, die ihre Pferde beim Putzen grob und nachlässig behandeln, werden dies auch beim Reiten tun. Und Reiter, die während des Putzens freundlich zu ihren Pferden sind, ihnen schon einmal eine kleine Ungezogenheit durchgehen lassen, Frechheiten aber nicht dulden, werden ihre Pferde auch beim Reiten fair und freundlich behandeln.
Der Umgang mit dem Pferd besteht ja nicht nur aus Reiten, sondern auch aus Putzen, Pflegen und Verstehen!

Die beiden kennen und verstehen sich – und so darf sich der Rappe ausnahmsweise einmal genüßlich an seiner Besitzerin reiben

Der „böse“ Schimmel

Vor Jahren bekam ich einen Schimmel geschenkt, der als unreitbar galt. Er war steif unter dem Sattel und buckelte oft, wofür er dann bestraft wurde; anschließend ging er noch steifer. Und da er als Dressurpferd gekauft worden war, gaben seine Besitzer ihn total enttäuscht weg und beruhigten ihr Gewissen damit, daß er es bei mir gut haben würde.

Der Schimmel war sehr freundlich und nett im Umgang. Nur beim Putzen verwandelte sich das sonst so sanfte Pferd in ein richtiges Ekelpaket: Es versuchte der Bürste auszuweichen, trat nach mir und biß um sich. Langsam bekam ich Verständnis für die Leute, die ihn nicht reiten wollten. Wahrscheinlich hatte er sich da auch so benommen!

Aber ich gab nicht auf. Ich versuchte es mit einer ganz besonders weichen Bürste und übte fast keinen Druck auf die Haut aus. Nach und nach besserte sich das Benehmen des Schimmels, und ich hatte den Verdacht, daß er vielleicht Muskelschmerzen haben könnte. Ich fragte in dem Stall nach, in welchem er gestanden hatte und hörte, daß seine Reiter ihn immer ziemlich „rangenommen“ hatten. Der Pferdepfleger hatte ihn morgens gründlich (und grob) geputzt, wobei sich das empfindliche Pferd schon vor Angst gekrümmt und die Muskeln verspannt hatte. Dann kam auf die verkrampften Muskeln der Sattel, und das Pferd mußte hart arbeiten. Ein Teufelskreis!

Ich putzte meinen Schimmel ganz sanft und mit kreisenden Bewegungen immer in Fellrichtung und massierte ihn später vorsichtig mit der Hand, was ihm sichtlich angenehm war.

Es hat über ein Jahr gedauert, bis ich ihm das erste Mal einen Sattel auflegte, mit dicken Satteldecken darunter. Ich dachte, jetzt würde er wieder buckeln oder versuchen, sich zu wehren. Aber sein Rücken war so weich, seine Muskeln so gut durchblutet und schmerzfrei, daß er überhaupt nichts machte! So ist aus dem „Problempferd“ ein super Reitpferd geworden.

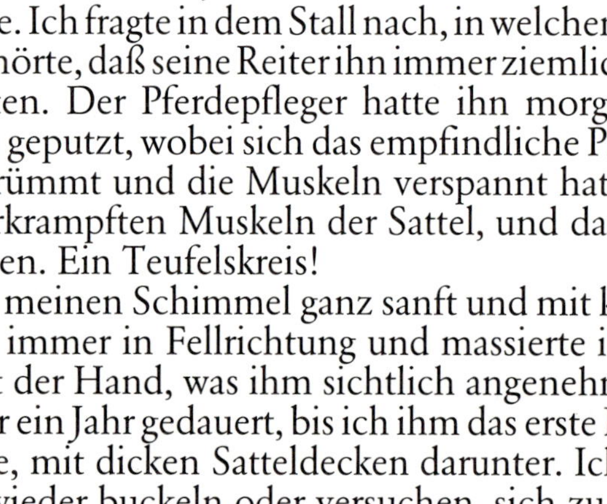

Probleme – Hilferufe der Pferde

Probleme mit Pferden tauchen immer dann auf, wenn entweder wir nicht verstehen, was die Pferde uns mitteilen wollen – oder wenn die Pferde nicht verstehen, was wir von ihnen verlangen. Dann wehren sie sich: sie steigen, beißen oder werden stur.

Gewalt ist keine Lösung

In vielen alten Militärreitbüchern gibt es für Probleme mit Pferden nur ein Rezept: Gewalt. Beißenden Pferden hielt man eine heiße Kartoffel hin – eine grausame Quälerei, wenn man sich vorstellt, welche Verbrennungen das Tier dadurch im Maul erlitt! Aufmüpfige Pferde wurden so lange auf drei Beinen (ein Bein hochgebunden) longiert, bis sie klein beigaben – dann waren sie meist auch innerlich gebrochen!

Verständnis dafür, daß die Pferde sich immer aus innerer Not wehren, gab es in den meisten Militärreitschulen wenig. Die Pferde mußten funktionieren – mehr nicht.

Solche Kandaren gehören in die Hände von Könnern und dürfen nur für sehr gut gerittene Pferde benutzt werden, niemals aber als Druckmittel oder um ein Pferd zu „korrigieren“

Aber das wollen wir ja nicht! Wir wollen doch Pferde haben, die freudig arbeiten, mit denen wir sanft umgehen können, und die wir nicht mit Gewalt in Schach halten müssen.
In den nächsten Kapiteln möchte ich einige Probleme beleuchten: woher sie kommen, und wie man sie lösen kann.
Eines aber muß ich noch vorher sagen: Wenn wir merken, daß wir ein „Problempferd“ haben, ist das Problem des Pferdes schon so schlimm, daß es in seinem Verhalten einen Ausweg sucht. Eigentlich hätten wir das Problem schon früher erkennen müssen – dann hätten wir jetzt kein „Problempferd“. Das muß man sich immer klarmachen, wenn man Probleme mit einem Pferd hat, denn mit Verständnis gut behandelte Pferde machen keine Schwierigkeiten.

Mein Pferd scheut

Fast jeden Tag reite ich über einen bestimmten Weg durch das Bachtal, bis ich auf die Berghöhe komme; dann überlege ich, ob ich nach rechts, links oder geradeaus reiten will. Den Talweg reite ich zu jeder Tageszeit und bei jedem Wetter, und mein Pferd kennt ihn auswendig. Weil mein

Fuchs diesen Weg so gut kennt, läuft er „wie ein Ührchen“. Aber wehe, irgend etwas ist verändert! Dann ist die Hölle los, und mein Pferd schnaubt und schnorchelt und tanzt herum, weil seine gewohnte Ordnung aus den Fugen ist. Das kann nur eine einfache Plastiktüte sein, die am Weg liegt, und die der Wind ein bißchen hin und her bewegt.

Ein vertrauensvolles, sicheres Pferd

Die „schreckliche“ Plastiktüte

Bei meinem Pferd und mir ist dieses Scheuen meist harmlos, denn wir kennen uns schon viele Jahre, und der Fuchs weiß, daß ihm nichts passiert, solange ich bei ihm bin. So kommen wir also immer gut an allen Hindernissen vorbei.

Aber das war nicht immer so; sein Vertrauen in mich wuchs erst mit der Zeit. In den ersten Jahren ist er oft genug vor solch etwas „Schrecklichem“ auf der Hinterhand umgekehrt, und ich habe ihn erst nach einem wilden Galopp mühsam durchparieren und beruhigen können. Dann mußte ich überlegen, wie ich ihn an dem „Schrecklichen“ vorbeibekommen würde, denn das mußte sein!

Der Mensch muß immer das Vertrauen seines Pferdes haben. Es muß in jeder Situation wissen, daß ihm nichts passiert, wenn man dabei ist. Die Pferde sind körperlich stärker, aber wir Menschen sind intelligenter – also müssen wir ihnen die Angst nehmen.

Pferde, die ein Fenster nach draußen haben, kennen viel von ihrer Umwelt und scheuen daher selten

Wie sollen diese Pferde in ihren Boxen die Welt kennenlernen? Es ist verständlich, wenn sie draußen unsicher sind

Zuerst muß man wissen, warum Pferde so oft scheuen. Ein Grund kann sein, daß ein Pferd nicht viel von seiner Umwelt kennt. Nehmen wir zum Beispiel ein Schulpferd: Tag um Tag, Woche um Woche geht es in der Halle seine Runden. Manchmal kommt es am Sonntag ins Gelände – aber auch da sieht es immer nur dieselben Wege. Viel kennt es also nicht von der Welt. Wenn solch einem Pferd nun ein Traktor im Wald begegnet, oder wenn plötzlich ein Jogger aus dem Gebüsch kommt, dann erschrickt es natürlich maßlos. Würde das meinem Pferd passieren, das schon viel kennt und außerdem nicht in einer engen Box lebt, sondern mit anderen Pferden im Offenstall mit Auslauf – es würde sich nicht großartig aufregen. Seine Sinne sind durch das viele Reiten in der Natur ja viel schärfer als die eines Schulpferdes, das immer in der Halle arbeiten muß. Mein Pferd weiß es schon lange vor mir, wenn irgendwo ein Jogger unterwegs ist.

Unbekannte Gefahren

Oder – kommen wir zurück auf die Plastiktüte auf meinem täglichen Reitweg – ein Pferd scheut, wenn seine tägliche Ordnung durcheinanderkommt. Ihr wißt, das Pferd ist ein Fluchttier, es braucht also Sicherheit. Ist alles immer gleich, dann droht keine Gefahr – aber wehe, etwas verändert sich: das könnte ein Feind sein!

Dieser Instinkt steckt in jedem Pferd, und es kann nicht dagegen an. Wir Menschen und Reiter müssen also immer darauf gefaßt sein, daß unser Pferd erschrickt und fliehen will. Wichtig ist es dann, Ruhe zu bewahren. Natürlich kann es passieren, daß ein Pferd auf der Hinterhand kehrtmacht, und man landet fast im Stall, bis man es wieder durchpariert hat.

Dann gibt es zwei Möglichkeiten: Entweder ihr „gebt klein bei“; dann habt ihr zwar fürs erste eure Ruhe, aber ihr habt bei dem Pferd verloren. Oder aber ihr nehmt euren ganzen

Sicherheitstraining: Ein junges Pferd lernt, daß flatternde Plastikbänder im Grunde harmlos sind. Schritt für Schritt ...

... nimmt die Ausbilderin ihm die Angst

Mut und eure Überlegung zusammen und sagt still und entschlossen zu eurem Pferd: „Da gehen wir jetzt noch mal hin. Du wirst sehen, diese blöde Plastiktüte ist kein Krokodil, das dich fressen will. Und außerdem bin ich ja bei dir."
Das erfordert natürlich eine Menge Mut; und wenn ihr den allein nicht habt (auch keine Schande!), dann bittet einen erfahrenen ruhigen Reiter, daß er mit euch noch mal an die Stelle mitgeht. Dann könnt ihr dem Pferd ganz behutsam seine Angst nehmen.
Scheuen bedeutet ja im Grunde immer Erschrecken und Angst – also müssen wir herausfinden, warum das Pferd erschrickt und wovor es Angst hat. Bei der Sache mit der Plastiktüte war das klar – die gewohnte Umgebung hat sich verändert, und das ist dem Pferd unheimlich.

Vertrauensvoll geht das Pferd durch die Plastikbänder. Es hat sie gründlich kennenlernen dürfen. Jetzt hat es keinen Anlaß mehr, zu scheuen

Das „tiefe Loch“

Viele Pferde scheuen vor Pfützen. Manche bekommt man wirklich nicht durch die kleinste Wasserlache hindurch. Auch hier muß man ein bißchen überlegen, dann wird es klar: Das Pferd kann ja nicht wissen, wie tief die Pfütze ist. Und da es vielleicht noch nie durch eine gegangen ist, vermutet es darunter ein tiefes Loch. In Löcher tritt man nicht, sondern geht um sie herum. Eigentlich ganz logisch, nicht?

Was macht man also in solch einem Fall? Hier hilft nur Geduld und Überzeugungskraft. Ihr müßt dem Pferd beweisen, daß eine Pfütze tatsächlich nur aus flachem Wasser besteht. Es gibt Leute, die treiben ihr Pferd in solch einer Situation mit Sporen und Peitsche gewaltsam durch die Pfütze, und sie schaffen es meist auch, daß das Pferd durchgeht. Aber es wird immer Angst davor haben. In Gefahrensituationen kann man sich dann auf solche Pferde nicht verlassen.

Richtiger ist es, abzusitzen und dem Pferd zu „beweisen“, daß die Pfütze ganz flach ist. Dazu sucht ihr euch am besten einen Weg, auf dem viele Pfützen sind. Dort spaziert ihr mit eurem Pferd gemütlich ein paarmal mitten durch die Pfützen. Richtet euch darauf ein, daß ihr möglicherweise viel Zeit braucht, um dem Pferd die Angst vor dem „tiefen Loch“ zu nehmen. Am besten ist es,

Wenn Pferde so gelassen in einem See stehen, haben sie schon gelernt, daß Wasser nichts Erschreckendes ist

wenn ihr es schafft, daß es mit der Nase ganz nah an die Pfütze herangeht; dann merkt es seinen Irrtum schnell von selbst. Vielleicht gebt ihr ihm ein Stückchen Brot oder ein Leckerli ganz nahe an oder über der Pfütze – das schafft Vertrauen.

Manchmal hilft es auch, wenn ihr einen Huf in die Pfütze setzt, wie man es auch macht, wenn ein Pferd nicht in den Transporter gehen will: Dann setzt man ja auch oft einen Huf auf die Hängerklappe, und das Pferd merkt, daß sie wirklich stabil ist. Meist sieht es so auch schnell ein, daß die Pfütze wirklich ungefährlich ist und wird in Zukunft keine Angst mehr davor haben.

Ganz verkehrt ist es, mit dem Pferd zu schimpfen oder ihm zu sagen, wie blöd es ist, daß es durch diese kleine Pfütze nicht gehen will. Es soll ja lernen, daß die Pfütze nicht gefährlich ist – und lernen kann man nur, wenn man behutsam an das Neue herangeführt wird! Ihr müßt ja auch noch vieles lernen und wißt sicherlich, daß ihr schwierige Sachen nicht unter Druck und auf die Schnelle begreifen könnt. Also Ruhe und Geduld: Ihr seid in diesem Fall der Lehrer.

Ihr solltet das Pferd nicht mit Wasser bespritzen oder selbst in der Pfütze so herumhopsen,

Abspritzen – viele Pferde mögen das nicht

Auch dieses Pony versucht auszuweichen, weil ...

... ihm der Wasserstrahl unangenehm ist

Unsicher steht das Pferd dem fremden Gegenstand gegenüber. Als es ihn beschnuppern darf, verliert es jedoch seine Angst

daß es naß wird. Die meisten Pferde mögen Wasserspritzer nicht – schon gar nicht aus „tiefen Löchern".
Irgendwann – ihr habt ja Zeit – sieht das Pferd es ein und geht vielleicht zuerst ängstlich schnaubend und sozusagen „auf Zehenspitzen" durch eine Pfütze. Dann müßt ihr es überschwenglich loben, und eigentlich wäre dann ein kleiner Leckerbissen fällig.
Jetzt sollt ihr aber nicht den Fehler machen, stundenlang mit eurem Pferd durch Pfützen zu gehen. Ihr könnt das Ganze wohl noch einmal wiederholen, aber dann ist es genug. Das Pferd hat es begriffen und wird es nie vergessen!
Wichtig an dieser Übung war, daß es selbst entscheiden durfte – ihr habt ihm dazu mit eurer Geduld und Ruhe die Möglichkeit gegeben. Euer Pferd hat dadurch noch mehr Vertrauen zu euch gewonnen. Viel mehr, als wenn ihr es mit Gewalt durch die Pfütze gezwungen hättet!
Denn für das Scheuen gilt wie für alle anderen „Probleme", die Pferde machen: Keine Gewalt anwenden! Nur wenn man die Pferde überzeugen kann, daß das Ganze nicht schlimm ist und ihnen die Möglichkeit gibt, selbst zu lernen und zu entscheiden, kann man die Probleme lösen!

Pferde, die es gewohnt sind, immer in der Gruppe zu gehen, neigen zum „Kleben". Es ihnen abzugewöhnen, setzt sehr viel Vertrauen voraus

Mein Pferd „klebt"

Es ist äußerst unangenehm, wenn ein Pferd „klebt", also nicht von einer Gruppe anderer Pferde weggehen will. Das geht schon in der Reitstunde los.

Ihr kennt sicherlich die Übung, bei der ihr „gegen" die Abteilung, also andersherum als alle anderen reiten müßt. Dann wißt ihr auch, wie schwer das bei manchen Pferden ist. Ihr habt ja schon gelesen, daß Pferde Herdentiere sind und lieber alle zusammen in eine Richtung laufen. Muß ein Pferd nun in die entgegengesetzte Richtung laufen, so handelt es gegen das Gesetz der Herde. Solch eine Übung ist eine echte Gehorsamsprüfung für jedes Pferd.

Ihr solltet also nicht mit dem Pferd schimpfen, wenn es von den anderen nicht weggehen will. Besser ist es, das Weggehen mit System zu üben, und zwar wie alles, was man Pferden beibringen will: schrittweise.

Das könnt ihr allerdings nicht allein. Dazu braucht ihr einige verständnisvolle Mitreiter oder wenigstens einen. Wenn ihr ausreitet, könnt ihr beispielsweise verabreden, daß ihr euch an einer bestimmten Stelle für ein paar Meter trennt: Der eine geht nach rechts, der andere nach links. Natürlich wird euer Pferd das nicht wollen. Zur Not könnt ihr bei den ersten Malen noch so verfahren, daß euer Pferd stehenbleibt, während das andere Pferd weggeht. – Nur ein paar Meter zuerst, so daß sich das Pferd daran gewöhnt, „allein“ zu stehen, aber keine Panik bekommt.

Nach einigen Minuten oder auch nach einer Minute, wenn euer Pferd sich zu sehr aufregt, kommt das andere Pferd zurück. An der übernächsten Ekke vielleicht nehmt ihr euch ganz fest vor: „Ich gehe ein paar Meter rechts in den Weg rein.“ Und das tut ihr dann auch. Geht einfach ohne große Aufregung mit eurem Pferd ein paar Meter in den Weg und kommt genauso ruhig wieder zurück.

Ich weiß, das klingt einfacher, als es ist. Aber es ist oft deshalb so schwierig, weil sich der Reiter verkrampft und denkt: „O Gott, o Gott – an der nächsten Ecke muß ich rechts rum.“ Das überträgt sich auf das Pferd, und es ist an der Ecke genauso verkrampft wie sein Reiter. Deswegen geht dann alles schief.

Erfolg durch Ruhe und Geduld

Wenn ihr solch ein Pferd korrigieren, ihm das „Kleben“ also abgewöhnen wollt, müßt ihr bereit sein, ruhig mit ihm zu arbeiten, bei kleinen Rückschlägen nicht die Geduld zu verlieren und vor allen Dingen nicht ungerecht zu sein. Das Pferd darf nicht gestraft werden, wenn es deshalb zu seinem Kameraden drängt, weil ihr selbst ein bißchen bange seid, von ihm wegzureiten. Das Wegreiten dürft ihr erst dann üben, wenn ihr ganz sicher seid, daß ihr es auch wirklich wollt und schafft. Meist geht es dann ganz leicht – in kleinen Schritten ...

Ein wirklich großes Problem ist es, wenn zwei Pferde immer zusammenstehen und nie getrennt wurden. Wenn jetzt eines fort soll, geht für beide „die Welt unter“.

Da hilft nur, das eine Pferd niet- und nagelfest einzusperren, und zwar so, daß es sich nicht verletzen kann. Mit dem anderen Pferd kann man dann beginnen, schrittchenweise zu arbeiten.

Bei diesen Übungen sollte man den kleinsten Fortschritt überschwenglich belohnen. Es ist für das Pferd schrecklich schwer, von seinem gewohnten Genossen wegzugehen, es fühlt sich einsam und unsicher, das „Herdengefühl“ fehlt ihm. Wenn es mit euch geht, ist das ein großer Vertrauensbeweis. Tut es das nicht, dann sucht den Fehler bei euch. Das

Allein mit dem Pferd unterwegs – der Traum vieler Reiter. Damit es kein Alptraum wird, müssen Pferd und Reiter aber gut ausgebildet sein und einander vertrauen

Pferd hat dann noch nicht genug Vertrauen zu euch.
Seid freundlich zu dem ängstlichen Pferd, denn „Kleben“ bedeutet immer, Angst zu haben, unsicher zu sein, sich allein zu fühlen. Wenn euer Pferd euch vertraut, klebt es irgendwann einmal nicht mehr an der Herde – vielleicht eher an euch ...

So gefährlich kann es werden, wenn ein Pferd steigt. Dieses Bild zeigt ein steigendes Pferd kurz vor dem Umkippen – eine Sekunde nach der Aufnahme war es gestürzt

Mein Pferd steigt

Es gibt verschiedene Gründe für das Steigen.
Auf der Weide üben sich die Junghengste darin, festzustellen, wer der Stärkere ist. Dazu gehört es, sich zu jagen, sich in die Beine zu beißen, im Imponiergehabe voreinander herzustolzieren und auch zu steigen. Zuerst steigen die Hengste nur voreinander hoch, um dem „Gegner“ zu zeigen, wie toll sie sind. Dann steigen sie auch gegeneinander und beißen sich eher spielerisch als ernst.
Junge Pferde wissen noch nicht, daß Menschen keine Spielkameraden sind, und steigen oft auch vor ihnen hoch. Das muß man ihnen sofort verbieten, so niedlich das auch bei einem Fohlen ist. Denn ist es erst ein zwölf Zentner schweres erwachsenes Pferd, sieht die Sache gar nicht mehr niedlich aus. Die ganzen Rauf- und Imponierspiele darf ein Fohlen also niemals mit dem Menschen machen!
Der zweite Grund, aus dem Pferde steigen, ist Angst. Das kann die Furcht vor etwas Un-

Verspannte Pferde neigen viel eher zum Steigen als entspannte. Das hintere Pferd geht ganz locker, während das vordere verkrampft ist und Schmerzen hat. Die Schuld daran trägt der Mensch

bekanntem sein, aber auch vor etwas, was das Pferd kennt und von dem es weiß, daß es gleich passieren wird.

Vertrauen schaffen

Ihr kennt sicher auch Pferde, die sich vor dem Tierarzt fürchten. Vielleicht mußte ihnen einmal weh getan werden, vielleicht ist das betreffende Pferd aber auch überempfindlich oder gar ein bißchen hysterisch und hat eine Riesenangst vor einer kleinen Spritze. Wäre es frei, würde es weglaufen. Aber es ist angebunden oder wird festgehalten, und so steigt es. Dieses Angststeigen ist eine gefährliche Sache, weil die Pferde sich immer mehr in ihre Panik hineinsteigern, bis sie schließlich nicht mehr ansprechbar sind. Ein vor Angst steigendes Pferd ist kaum noch zu handhaben, weil sein einziger Gedanke Flucht ist.

Wenn man Angst hat, kann man nicht gut denken, das wißt ihr selbst. Außerdem hat ein angstvolles Pferd Riesenkräfte. Es gibt also nur einen Weg: das Pferd zu beruhigen und ihm wieder Vertrauen zu geben. Hat es tatsächlich solch eine Wahnsinnsangst vor dem Tierarzt oder vor einer Spritze, so muß man überlegen, ob man vielleicht einen anderen Tierarzt holt oder ob man irgendwie anders spritzen kann. Gute Tierärzte überlegen gemeinsam mit dem Pferdebesitzer und finden meist einen Weg, der nichts mit Gewalt zu tun hat. Denn die würde nur neue Angst und damit neues Steigen erzeugen.

Aus dem Spiel kann leicht Ernst werden. Deshalb sollte man Pferden nie das Steigen beibringen

So ist es auch, wenn das Pferd so stark scheut, daß es steigt. Nichts mit Gewalt machen, denn das Pferd ist stärker, sondern dem Pferd Ruhe und Vertrauen wiedergeben!

Ein steigendes Pferd ist eine Gefahrenquelle für den Menschen und für sich selbst – und wer bringt sich schon gerne selbst in Gefahr!

Dann gibt es aber auch Pferde, die gelernt haben, daß sie sich bestimmten Situationen, also zum Beispiel ungeliebten Arbeiten, dadurch entziehen können, daß sie steigen. Das sind beispielsweise ganz ausgebuffte Schulpferde, die genau wissen: „Die da oben kann noch überhaupt nichts, und ich habe jetzt keine Lust zu galoppieren. Also steige ich mal ein bißchen."

Solche Pferde sollten eigentlich keine Schulpferde sein, denn die sollen den Reitschülern ja etwas beibringen. Leider gibt es sie aber doch, und der Reitschüler ist dann ziemlich hilflos. Hier hilft nur ein Machtwort des Reitlehrers. Dann hört das Pferd meist mit der Steigerei auf. Ihr solltet aber mutig genug sein und es ablehnen, solch ein Pferd weiter zu reiten, denn es ist eine Gefahr für euch.

Die Suche nach der Ursache

Steigt euer Pflegepferd oder euer eigenes Pferd, so solltet ihr den Grund suchen. Meist liegt er darin, daß sich das Pferd stärker fühlt als ihr – und es weiß genau, daß ihr ziemlich hilflos seid, wenn es steigt. Dann müßt ihr versuchen, es nicht mehr in die „Steiger-Situation" zu bringen, denn abgewöhnen könnt ihr ihm das Steigen vermutlich nicht. Steigt das Pferd beispielsweise

immer an einer bestimmten Stelle im Gelände, dann meidet diese Stelle oder geht nur zu zweit oder zu dritt dorthin. Steigt es, wenn die anderen Pferde angaloppieren, dann bittet eure Mitreiter, auf euch Rücksicht zu nehmen. Faire Reiter tun das immer. Geht also der Situation aus dem Weg und sprecht mit dem Besitzer oder einem wirklich guten Reiter über das Problem – Steiger sind nur von sehr erfahrenen Reitern zu korrigieren.
Ihr solltet euch standhaft weigern, ein Pferd zu reiten, das als Steiger bekannt ist. Es ist zu gefährlich! Sitzt ihr aber dennoch einmal auf einem steigenden Pferd, dann versucht auf keinen Fall, die Zügel kürzer zu nehmen. Das wäre grundverkehrt. Laßt im Gegenteil die Zügel länger, damit sich das Pferd mit dem Hals ausbalancieren kann, und haltet euch mit einer Hand in der Mähne fest. Ist das Pferd dann wieder auf dem Boden, dann steigt ab und nicht wieder auf, bevor euch klar geworden ist, *warum* das Pferd gestiegen ist, damit ihr nicht wieder in diese Situation kommt.

Mein Pferd geht durch

Durchgehen und durchgehen sind zwei verschiedene Dinge: *Echtes* Durchgehen ist durch nichts zu bremsen. Die Pferde rennen dann, ohne auf sich selbst oder irgend etwas um sich herum zu achten – schon gar nicht auf den Reiter.
In Reitlehren steht oft: „Wenn ein Pferd durchgeht, soll man einen großen Kreis reiten." Wenn ein Pferd richtig und echt durchgeht, nützt das nichts. Dann hilft es auch nicht, den Kopf des Pferdes hochzunehmen, damit es den Weg nicht mehr sehen kann.

Stoppelfelder verlocken zum Rennen, und irgendwann hat das Pferd „vergessen", daß es auch langsam galoppieren kann – eine gefährliche Sache

Ein echt durchgehendes Pferd ist überhaupt nicht mehr zu regulieren. Da kann man nur versuchen, einen einigermaßen kühlen Kopf zu bewahren und zumindest die Richtung zu bestimmen, obwohl auch das meist kaum möglich ist.

Zum Glück ist dieses echte Durchgehen aus völliger Panik sehr selten. Ich reite schon von klein auf, und mir ist es nur ein einziges Mal passiert; das werde ich allerdings auch niemals vergessen, denn es war schrecklich.

Die Macht der Gewohnheit

Von diesem absoluten Durchgehen soll dieses Kapitel aber nicht handeln, sondern von den Pferden, die im Galopp nicht mehr regulierbar sind, die an den bekannten Galoppstrecken fast durchdrehen, ehe sie laufen dürfen, und die im Laufen nicht mehr auf den Reiter achten.

So schön ein gestreckter Galopp auch ist – unter dem Reiter muß er regulierbar bleiben

Wie immer – ihr kennt das ja schon, wenn ihr dieses Buch bis hierher gelesen habt – ist der Reiter schuld, nicht das Pferd. Vielleicht nicht der Reiter, der gerade draufsitzt, sondern ein anderer – das Pferd aber auf keinen Fall.

Oft sind Pferde an bestimmten Strecken, an denen sie immer galoppieren dürfen oder müssen, schon vor dem Punkt, an dem man angaloppieren möchte, fast nicht mehr zu halten. Viele Reiter kennen diese Situation, wenn im Herbst die Stoppelfelder zum Galopp einladen. Dann sind die Pferde außer Rand und Band. Die Sache ist recht gefährlich, wenn es auch schön ist, so über ein Stoppelfeld zu sausen.

Ähnlich kann es sein, wenn man in der Gruppe reitet, und der erste Reiter galoppiert an. Euer Pferd merkt es und nimmt euch die Galopphilfe glatt vorweg, indem es schon auf der Stelle galoppiert, um bloß mitzukommen.

Egal, wann das Pferd unkontrolliert galoppiert – also „durchgeht" –: Immer liegt der Grund darin, daß es nicht gelernt hat, in kontrolliertem Tempo zu gehen.

Fehler in der Ausbildung

Eigentlich sollten Pferde vor der Arbeit unter dem Sattel schon eine Ausbildung in Bodenarbeit haben, also z. B. im Longieren. Damit meine ich nicht stundenlanges ödes Herumlaufen im Kreis, wie man es oft sieht, sondern richtige Arbeit an der Longe: Kommandos kennenlernen, Tempo verstärken und zurücknehmen, anhalten, auf die andere Hand drehen und vieles andere mehr.

Pferde, die das gelernt haben, sind auch unter dem Sattel gut zu kontrollieren. Sie achten auf ihren Ausbilder und kennen die Kommandos. Bald kombinieren sie sie mit Schenkel- und Zügelhilfen und sind angenehm und leicht zu reiten.

Leider werden aber viel zu viele Pferde im Schnellverfahren ausgebildet: ein paarmal an die Longe, dann Reiter drauf und los! Wie oft gehen halbausgebildete Pferde im Schulbetrieb!

Das sind die Pferde, die später nicht mehr zu kontrollieren sind, und die auch keine Selbstdisziplin haben. Sie als erwachsene Pferde zu korrigieren, bedeutet, mit ihrer Erziehung wieder ganz von vorne anzufangen.

Langsame Umerziehung

Ein Pferd, das immer an einer bestimmten Stelle losgaloppiert, weil es das so gewohnt ist, kann man mit etwas List daran hindern. Dazu steigt man ein ganzes Stück vor dieser Stelle ab und geht gemütlich bummelnd zum „Startplatz“. Vielleicht will das Pferd ja hier und da ein Grashälmchen rupfen – also richtig gemütlich, das Ganze. Mit Sicherheit sieht das Pferd jetzt keinen Grund, durchzustarten.

Das muß man ein paarmal machen. Dann ändert man vielleicht die Taktik und macht einen Bummelausritt bis zu der Stelle im Schritt am längeren Zügel. Auch dann wird das Pferd nicht losrasen. Langsam könnt ihr so die alte Gewohnheit abbauen. Einige Wochen oder Monate solltet ihr an dieser Stelle nicht angaloppieren. Erst, wenn ihr ganz sicher seid, daß euer Hektiker hier kein Theater mehr macht, könnt ihr es wieder mal versuchen – aber dann im kontrollierten langsamen Galopp und auf der Hälfte der Strecke aufhören und wieder am langen Zügel weitergehen!

Außerdem müßt ihr natürlich ständig daran denken, daß *ihr* das Tempo bestimmt, nicht

Eine korrekte Zäumung ist die Voraussetzung für ein gelassen gehendes Pferd. Bei diesem Pferd ist der Nasenriemen so eng geschnallt, daß es verzweifelt die Nüstern bläht, um überhaupt atmen zu können. So sollte es auf keinen Fall sein!

das Pferd. Das geht im Schritt los und ist auch noch im Galopp so. In diesen Monaten der „Umbildung" müßt ihr das Pferd ganz bewußt reiten, also immer darauf achten, daß es auf euch konzentriert ist, denn das ist ein unkontrolliert gehendes Pferd ja nicht. Daß wilde Galoppaden absolut verboten sind, wenn ihr ein wohlerzogenes Pferd haben wollt, ist ja wohl klar ...

Reitet ihr in der Gruppe, so solltet ihr schon beim Abreiten allen sagen, daß ihr da ein Problem habt. Wenn die Mitreiter das nicht akzeptieren und vielleicht über euch lachen – bleibt zu Hause! Reitet mit solchen Leuten nicht, das sind unfaire Reiter.

Sucht euch ein paar nette Pferdefreunde, die bereit sind, einige Male auf euch und euer noch unerzogenes Pferd Rücksicht zu nehmen, die vielleicht einen Ausritt lang ganz aufs Galoppieren verzichten, oder die auf euch achten, wenn es „in den dritten Gang" geht. Galoppiert möglichst kontrolliert an, nicht hektisch aus dem Renntrab.

Pferde, die gegen die Hand gehen und dem Reiter die Zügel wegreißen, sind gefährlich und schwierig zu reiten. Sie haben es bisher nur leider nicht besser gelernt. Wenn ihr solch ein Pferd reitet oder gar besitzt, braucht ihr viel Ruhe und Geduld, um diese Grunderziehung, die Regulierung des Tempos, nachzuholen.

Übrigens: ein schärferes Gebiß, wie es manche Reiter empfehlen, hilft gar nichts. Es tut dem Pferd im Maul weh und nützt vielleicht eine Zeitlang etwas. Aber dann stumpft das Pferd dagegen ab, und ihr müßt das nächstschärfere Gebiß nehmen. Das endet dann meist in den „Monsterzäumungen", die man leider hie und da sieht.

Ein gut gerittenes Pferd kann man auch mit einer mitteldikken Wassertrense gut reiten und im Tempo kontrollieren!

Ein Gruppenausritt kann herrlich sein, wenn alle diszipliniert reiten. Aber oft schafft es ein einziges Pferd, das sich schlecht benimmt, die ganze Gruppe durcheinanderzubringen

Mein Pferd geht nicht in der Gruppe

Ihr habt bereits erfahren, daß Pferde Herdentiere sind, und daß eine Herde ganz bestimmten Gesetzen unterliegt, unter anderem dem der Rangordnung.

Nehmt einmal an, ihr reitet ein rangniedriges Pferd, die anderen Reiter alle ranghohe Pferde. Euer Pferd wird dann – dem Gesetz der Herde gehorchend – versuchen, möglichst weit hinten und in einem „Höflichkeitsabstand“ zu den ranghöheren Pferden zu gehen. Ihr wollt aber vorn reiten und vielleicht mit einer Freundin reden. Daß das Konflikte gibt, ist vorgezeichnet. Das Pferd eurer Freundin wird die Ohren anlegen, euer Pferd wird ausweichen; und wenn ihr beide nicht ganz besonders gute Reiter seid, wird das kein genußreicher Ausritt werden ...

Die Rangordnung

Es kann aber auch sein, daß ihr ein ranghohes Pferd habt, das allen anderen Pferden von vornherein klarmacht: „Hier hört alles auf mein Kommando!“ Wir Menschen bekommen diese feine Verständigung zwischen den Pferden ja oft gar nicht mit. Mit diesem Pferd wollt ihr jetzt hinten in der Gruppe reiten. – Klar, daß das für das Pferd eine Demütigung ist, und daß es versuchen wird, nach vorn zu kommen, wo der Platz ist, der seinem Rang entspricht.

Die dritte Möglichkeit kann sein, daß euer Pferd immer allein steht und einfach überfordert ist, wenn es so viele fremde Pferde sieht. Es war so wenig unter Artgenossen, daß ihm die Gesetze der „Pferdehöflichkeit“ nicht geläufig sind. Da kann es passieren, daß es ein ranghöheres Pferd überholt, ohne sich dessen bewußt zu sein. Das ist sehr riskant!

Man muß also wissen, welchen Rang das Pferd ungefähr hat, das man reitet. Natürlich sollte der Reiter immer der „Boß“ sein und sein Pferd an jedes andere heranreiten können. Aber das ist eine Frage der Erfahrung und der Autorität des Reiters. Nur wirklich gute Reiter schaffen es, daß zwei „Feinde“ einigermaßen gelassen nebeneinander gehen, weil sie sich dann ihrer Reiter wegen zusammenreißen.

Mein Reitpferd beispielsweise ist ein ausgesprochen ranghohes Pferd und der „Chef“ meiner kleinen Herde. Wenn ich es reite, kann ich jedes andere Pferd der Herde mühelos als Handpferd mitnehmen, weil es meinen und auch seinen Machtanspruch anerkennt. Nehme ich aber den „Boß“ als Handpferd, dann wird es schwierig, und ich brauche meine ganze Autorität, damit er das rangniedrigere Pferd, das ich reite, nicht „drückt“.

Abwechslungsreiches Gruppentraining

Natürlich kann man das Gruppenreiten auch trainieren. Ein junges unerfahrenes Pferd nimmt man in die Mitte der Gruppe mit genügend Abstand zu den anderen Pferden und bittet die Mitreiter, ein bißchen Rücksicht zu nehmen. Nach und nach reitet man mit dem jungen Pferd dann mal vorn, mal hinten in der Gruppe, damit es sich kein festes Schema einprägt. Würde es nämlich immer mitten in der Gruppe gehen, so würde ihm dies bald als normal erscheinen. „Normal" muß aber werden, daß es überall in der Gruppe geht.

So solltet ihr nach Absprache mit euren Mitreitern immer mal wieder die Spitze der Gruppe und die ganze Zusammensetzung wechseln. Je öfter ihr das tut, desto mehr Möglichkeiten gebt ihr eurem Pferd, Erfahrungen zu sammeln: Vorn muß es die Gruppe führen, als letztes Pferd bildet es sozusagen die Nachhut der Gruppe und horcht nach hinten. Läuft es immer nur in der Mitte, wird es im wahrsten Sinn des Wortes zum „Mitläufer", weil es sich um nichts zu kümmern braucht als darum, wie es seine Füße setzt.

Hat euer Pferd – weil es kaum mit anderen Pferden zusammenkommt – Angst, in der Gruppe zu gehen, so führt es langsam an diese Situation heran: Reitet erst zu zweit aus, dann vielleicht mal zu dritt. Wenn ihr behutsam vorgeht, wird euer Pferd schrittweise lernen, mit mehreren Pferden gemeinsam zu gehen.

Reiten in der Gruppe muß trainiert werden – hier lernt eine junge Stute, im gleichen Tempo neben einem anderen Pferd zu gehen

Reiten in der Gruppe erfordert Disziplin vom Reiter, denn man muß ja immer auf die Mitreiter und auf schwächere Pferde Rücksicht nehmen. Mit Rowdies, die nur zeigen wollen, daß sie das schnellste Pferd haben, solltet ihr euch überhaupt nicht abgeben – schnell laufen kann jedes Pferd! Laßt euch mit solchen Angebern gar nicht ein. Ihr verderbt euch damit nur eure Pferde, die dann bloß noch herumrasen wollen.

Viel wichtiger ist es, ein Pferd zu haben, das in jeder Situation zuverlässig und gelassen ist – auch in der Gruppe.

Kopfschlagen kann Ungeduld oder Ungezogenheit zur Ursache haben. Es kann aber auch Ausdruck von Schmerzen sein

Mein Pferd schlägt mit dem Kopf

Pferde, die mit dem Kopf schlagen, zeigen äußerstes Unbehagen oder sogar Schmerz an. Sicher habt ihr im Fernsehen oder beim Zuschauen auf Springturnieren schon Reiter gesehen, die vor dem Hindernis mit aller Kraft am Zügel ziehen: rechts/links, rechts/links. Die Pferde versuchen dann, den Kopf hochzuwerfen, um sich dem Schmerz zu entziehen. Den Reitern hilft meist das Martingal, ein sogenannter Hilfszügel, der verhindert, daß sie den Pferdekopf ins Gesicht bekommen. Den Pferden wäre allerdings besser gedient, wenn sie solide ausgebildet und ihre Reiter weicher mit der Hand wären!

Pferde, deren Maul man derart brutal behandelt, bekommen irgendwann einmal Panik, sobald sie ein Gebiß ins Maul nehmen sollen – eigentlich kein Wunder! Dann schlagen sie angstvoll mit dem Kopf. Da die Menschen aber meist sehr trickreich sind, schaffen sie es fast immer, das Gebiß doch irgendwie ins Maul zu bekommen. Und das arme Pferd muß mit dem Gebiß und der Furcht vor dem Schmerz losgehen. Angsterfüllt wirft es dann den Kopf hoch, sobald der Reiter die Zügel aufnimmt.

Flucht vor dem Schmerz

Oft schlagen Pferde auch mit dem Kopf, wenn der Reiter ihnen im Rücken weh tut. Indem sie den Kopf hochreißen, versuchen sie, sich dem Schmerz zu entziehen.

Natürlich kann es auch sein, daß dem Pferd das Maul selbst weh tut. Die Zähne älterer Pferde müssen regelmäßig nachgesehen werden, weil sich dort scharfe Kanten bilden können, die ins Fleisch schneiden. Diese Kanten muß der Tierarzt wieder rund raspeln. Das tut dem Pferd nicht weh, und es kann wieder schmerzfrei kauen.

Dann gibt es noch die ganz sensiblen Pferde, die auf Fliegen fast hysterisch reagieren. Man kann es ihnen nicht abgewöhnen, sie sind eben so empfindlich. Ihr könnt ihnen das Leben im Sommer aber dadurch erleichtern, daß ihr ihnen eines der Fliegennetze überzieht, die man in Reitsportgeschäften mittlerweile fast überall bekommt. Sie schützen die Augen, manche sogar die Ohren und das Maul der Pferde. Wenn ihr euch mal Bilder von andalusischen Pferden in Spanien oder von ungarischen Kutschpferden anschaut, seht ihr, daß sie alle einen Fliegenschutz aus fein geflochtenen, lang baumelnden Lederschnüren am Kopfstück tragen. Ihre Reiter und Fahrer haben sich schon was dabei gedacht!

Scheiden alle Gründe aus, die

Nicht nur beim Reiten, auch auf der Weide sind die Pferde für Schutz vor den Fliegen dankbar

ich bisher genannt habe, und euer Pferd schlägt dennoch mit dem Kopf, dann solltet ihr einen Tierarzt befragen. Er wird den Kopf des Pferdes gründlich untersuchen, denn es kann ja auch etwas Krankhaftes sein, vielleicht eine Stirnhöhlenentzündung oder eine Erkrankung der Ohren. Normal ist es auf jeden Fall nicht, wenn ein Pferd ständig mit dem Kopf schlägt. Aber mit etwas Geduld und Beobachtung bekommt man den Grund dafür heraus.

Es sieht zwar urig aus, und mancher Spaziergänger schaut verblüfft zweimal hin – aber meine Pferde mögen diese bis fast zu den Nüstern gehenden „Gardinen" sehr gerne

Mein Pferd läßt sich nicht satteln

Es gibt Pferde, die man ganz, ganz langsam und vorsichtig satteln muß, weil sie „Sattelzwang“ haben.
Bei manchen äußert sich das so, daß sie sich beim Anziehen des Sattelgurts regelrecht aufblasen. Sie halten für kurze Zeit die Luft an. Dadurch sind sie dicker, und wenn sie die Luft wieder ausatmen, ist der Sattelgurt nicht gar so eng. Das machen sie jedesmal, wenn man den Sattelgurt wieder anziehen will, so daß das Satteln sehr lange dauert. Sie haben Angst davor, eingeschnürt zu werden. Das ist verständlich, denn der Sattelgurt sitzt ja relativ fest.
Andere Pferde, die man zu schnell und zu fest sattelt, bukkeln und steigen oder werfen sich sogar auf den Boden, weil ihnen der Sattelgurt Panik verursacht. Sie haben Angst, durch den festen Gurt keine Luft mehr zu bekommen.
Leider wird auch hier oft viel zu schnell den Pferden die Schuld dafür gegeben, daß sie sich aufblasen oder sich wegdrehen, wenn man mit dem Sattel kommt.
Denkt immer daran, daß diese Pferde schlechte Erfahrungen gemacht haben und sich vor dem Sattel fürchten!

Behutsame Gewöhnung

Diese Angst könnt ihr abbauen, indem ihr solche Pferde sehr langsam und vorsichtig sattelt. Legt zuerst die Decke faltenfrei auf den Pferderükken und streichelt das Pferd beruhigend. Dann könnt ihr ganz, ganz langsam den Sattel

Sattelgurte müssen immer vorsichtig und mit Gefühl angezogen werden

Nichts darf drücken oder zwicken

auf den Rücken gleiten lassen. Dabei müßt ihr darauf achten, daß die Steigbügel und der Gurt nicht ans Pferd schlagen. Liegt der Sattel dann auf dem Rücken, so laßt ihn eine Minute oder länger dort liegen, streichelt das Pferd und redet beruhigend mit ihm. Dann nehmt ihr mit ruhigen Bewegungen den Sattelgurt und zieht ihn nur ganz wenig an – gerade soweit, daß der Sattel auf dem Rücken liegenbleibt, falls das Pferd sich mal schüttelt.

Verständnis führt zum Erfolg

Nach und nach gurtet ihr dann fester, nachdem ihr die Satteldecke schön hoch in die Sattelkammer gezogen habt. Ihr müßt darauf achten, daß das Pferd keine Angst bekommt, denn sonst pumpt es sich wieder auf oder verkrampft seine ganze Muskulatur.

Habt ihr den Sattel dann so festgeschnallt, daß er einigermaßen sitzt, dann bittet einen Helfer, auf der anderen Seite „gegenzuhalten“, sich also in den Steigbügel zu stemmen, während ihr aufsitzt. So kann der noch recht lockere Sattel nicht auf dem Rücken hin und her rutschen. Wenn ihr dann einige Runden im Schritt am langen Zügel geritten seid, hat euer Pferd für dieses Mal sicherlich seine Angst verloren, und ihr könnt von oben den Sattelgurt so festziehen, wie ihr ihn braucht.

Wichtig bei Sattelzwang sind viel Geduld und Verständnis fürs Pferd. Stellt euch mal vor, jemand würde einen Gürtel um euren Bauch plötzlich so festziehen, daß ihr fast keine Luft mehr bekommt, und ihr solltet damit auch noch einen Sack tragen und laufen! Das würde euch nicht gefallen – also mutet es bitte auch euren Pferden nicht zu!

Dieses Pferd ist kopfscheu: Es hat Angst davor, sich am Kopf berühren zu lassen

Mein Pferd ist kopfscheu

„Kopfscheu": das bedeutet, daß sich ein Pferd nur ungern am Kopf berühren und oft nur unter Schwierigkeiten aufzäumen läßt.

Schlimme Erinnerungen

Solche Pferde haben schlechte Erfahrungen mit Menschen gemacht. Selbst halbwilde Pferde, die noch kaum mit Menschen in Berührung gekommen sind, lassen sich relativ willig am Kopf berühren, weil sie dadurch den Zweibeiner beriechen und mit ihren Lippen betasten können. Erst, wenn man sie ins Gesicht schlägt oder grob mit ihnen umgeht, verliert sich diese vertrauensvolle Geste.

Kaum ein Pferdebesitzer mag es, wenn sein Pferd ständig an ihm herumknabbert oder in seinen Taschen nach Leckerbissen sucht. Aber man muß sich klarmachen, daß dies immer die Schuld der Menschen ist. Denn diese „Unart" kann man von vornherein unterbinden, indem man den Pferdekopf mit einem energischen, aber nicht bösen „Nein!" von sich wegschiebt; und natürlich, indem man nicht ständig Leckerlis aus der Tasche zieht.

Das heißt nicht, daß man keine kleinen Belohnungen geben darf, aber man muß es mit

Sinn und Verstand tun. In der Spanischen Hofreitschule beispielsweise haben die Bereiter in einer Tasche, die hinten auf ihrem Reitrock angebracht ist, immer ein Stückchen Brot als Belohnung für das Pferd. Nach einer gut gemachten Lektion und beendeter Arbeit stellt sich der Bereiter vor das Pferd, holt das Stück Brot aus der Tasche und reicht es dem Pferd. Kein Pferd dort würde in Erwartung der Belohnung auch nur einen Schritt auf den Bereiter zugehen! Sie haben alle gelernt, diszipliniert stillzustehen und wissen, daß „Betteln“ sinnlos ist. So freuen sie sich auf das eine Stückchen Brot und sind damit zufrieden.

Zufriedener bestimmt als ein Pferd, das hie und da und überall mal ein Bröckchen bekommt, in der Tasche „seines“ Menschen immer noch mehr vermutet und ihn ständig anbettelt. Natürlich wird es dem Menschen mal zuviel, und er wird grob. Ein sensibles Pferd kann dadurch kopfscheu werden.

Ein anderer Grund für diese „Unart“ kann eine nicht passende Trense sein, die das Pferd immer wieder ins Maul nehmen muß, obwohl es weiß, daß sie ihm weh tun wird. Natürlich versucht es sich dagegen zu wehren. Aber wenn der Reiter nicht einsichtig ist, wird das dem Pferd leider nicht viel nützen, und mit der Zeit versucht es mehr und mehr, sich dem Aufzäumen zu entziehen: Es wird kopfscheu.

Mit viel Geduld kann man dem kopfscheuen Pferd die Angst nehmen

Ursachen erkennen und abstellen

Den Grund für die Kopfscheuheit kann man durch Beobachten ziemlich schnell feststellen, und dann kann man ihn ja auch abstellen. Leider nur oft nicht so schnell, wie man ihn herausgefunden hat. Scheu hat immer mit Angst zu tun, und diese Angst muß man abbauen. Ihr müßt also dem Pferd verständlich machen, daß ihr ihm nicht weh tun werdet. Dazu müßt ihr sein Vertrauen gewinnen, und das geht nur mit Ruhe und freundlichen Worten. Mit kopfscheuen Pferden muß man ganz ruhig umgehen, sonst bekommen sie sofort wieder Angst. Und ihr müßt viel Geduld haben, denn ihr wißt ja sicherlich selbst, daß man schnell Angst bekommt, wenn man einmal schlechte Erfahrungen gemacht hat.

Will euer Pferd sich das Halfter aus Angst nicht anlegen lassen, so solltet ihr versuchen, mit dem Halfter in der Hand ein paar Minuten mit ihm zu schmusen, es zu streicheln, vielleicht seinen Kopf in den Arm zu nehmen. Wenn es das duldet, habt ihr schon halb gewonnen, dürft aber nicht so eilig sein, jetzt sofort das Halfter überzustreifen: Dann fühlt sich das Pferd überrumpelt und verliert das gerade gewonnene Vertrauen wieder.

Kopfscheue Pferde brauchen viel Zuwendung und Verständnis. Wenn ihr ihnen das gebt, werdet ihr bald bemerken können, daß sie bei anderen Leuten zwar noch kopfscheu sind, aber euch vertrauensvoll den Kopf zum Streicheln oder Aufzäumen hinhalten.

Dieses Pferd bleibt gelassen stehen, wenn man ihm übers Gesicht streicht. Nur die Augen macht es instinktiv zu

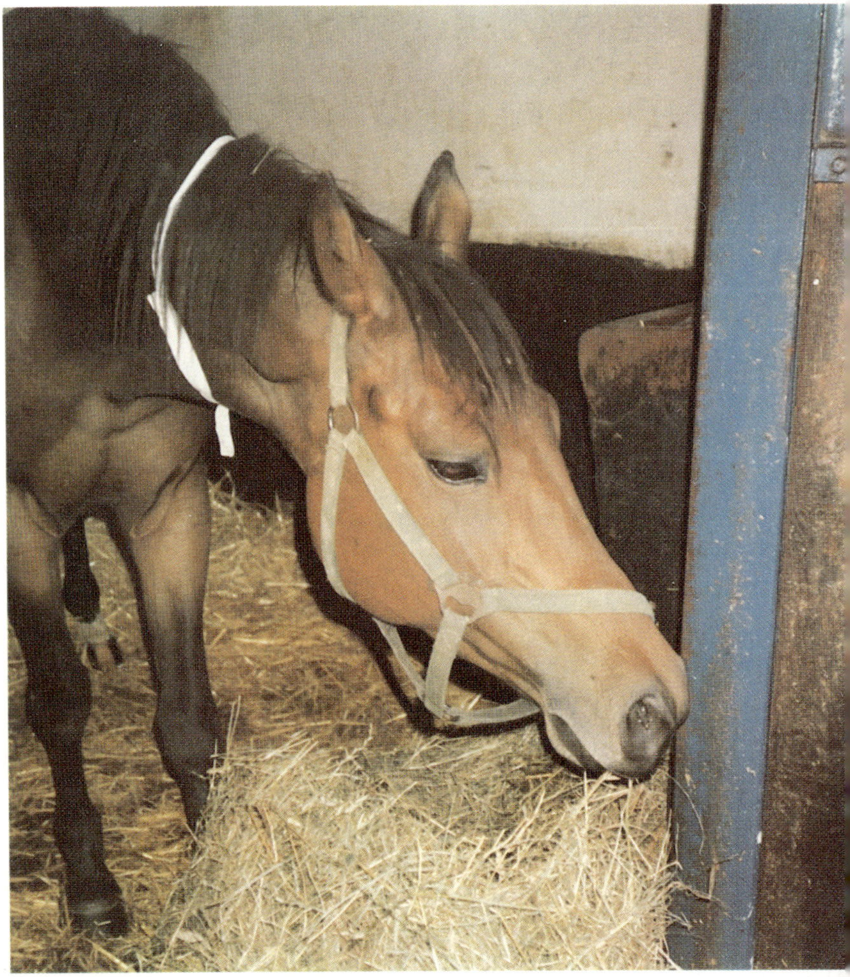

Ein total müdes, erschöpftes und in jeder Hinsicht überfordertes Pferd

Mein Pferd ist „sauer“

Sicher habt ihr auch schon mal diesen Ausdruck gehört: „Das Pferd ist sauer.“ So nennt man in der Reitersprache ein Pferd, das nicht mehr mitarbeiten will und keine Leistung mehr bringt. Nicht, weil es das körperlich nicht mehr könnte, sondern weil es nicht mehr *will.*

„Saure“ Pferde sind müde, überfordert und haben keine Freude mehr an der Arbeit. Fast immer wurde von ihnen zu viel gefordert.

Oft sind das junge Pferde. Sie sehen schon recht kräftig aus, und sie arbeiten gern. Viele Reiter bedenken dann nicht, daß ein dreijähriges Pferd im Grunde wie ein kleines Kind ist – es ist ja noch lange nicht erwachsen! Richtig ausgewachsen ist es erst mit etwa sieben Jahren. Von diesen jungen Pferden wird nun eine Leistung verlangt, der sie noch nicht gewachsen sind, obwohl sie schon so erwachsen aussehen: Ihre Sehnen und Muskeln sind noch unfertig, und sie verstehen auch noch nicht alles, was man von ihnen fordert. Solche Pferde werden in ihren Leistungen immer schlechter, sie begreifen immer langsamer. Die stärkeren von ihnen werden auch widersetzlich: Sie weigern sich einfach, zu arbeiten.

Dasselbe passiert auch mit Turnierpferden, die überfordert werden. Sie haben den ewigen Leistungsstreß eines Tages satt und weigern sich.

Hier hilft – wie bei allen Problemen – nur Nachdenken darüber, was diese Leistungsverweigerung auslöst. Fast immer ist es Überforderung!

Lebensfreude tanken

Es gibt einsichtige Pferdebesitzer, die ein „saures" Pferd ein halbes Jahr oder länger in Ruhe lassen. Im Sommer ist die Weide ideal, vielleicht verbunden mit einem kleinen Ausritt pro Woche. Im Winter wäre die Auslaufhaltung gemeinsam mit anderen Pferden das beste. Ein Pferd monatelang in die Box zu sperren, ist garantiert nicht erholsam. Es ruht sich zwar aus, aber es vereinsamt auch. Kann man es wirklich überhaupt nicht mit anderen Pferden in einem Auslauf halten, dann sollte man wenigstens jeden Tag einen langen Spaziergang mit ihm machen oder es auch im Winter wenigstens für eine Stunde auf die Weide lassen, damit es Licht und Luft „tanken" kann.

„Saure" Pferde sind einfach urlaubsreif, erholungsbedürftig. Nur sehr unvernünftige Pferdebesitzer sehen das nicht ein und reiten solche Pferde mit Gewalt weiter; aber die Pferde

Dieser Riesengrasberg ist natürlich nicht nur für die beiden Pferde bestimmt; aber nach einem langen Ritt freuen sie sich, entspannt für einige Minuten daran fressen zu dürfen – Lebensfreude tanken

halten das dann nicht mehr lange aus.
In Island ist es Sitte, daß jedes Pferd drei Monate im Jahr frei in der Herde laufen darf. Ihr werdet vielleicht sagen, Turnierpferde können das aber nicht, sie vergessen ihre Lektionen und verlieren ihre Kondition – mitnichten! Die Pferde kommen von der Weide in Bombenkondition zurück und scheinen sich auf die Arbeit zu freuen.
Islandpferde sind tatsächlich etwas Spezielles, daher noch ein Beispiel aus England: Auch hochkarätige Turnierpferde haben dort oft eine zweimonatige Winterpause im Offenstall mit großem Auslauf. Die Engländer sind weltweit sehr erfolgreiche Turnierreiter. Sie wissen also, was sie tun.
Wenn die Reiter hier ihre Pferde das ganze Jahr über gleichmäßig reiten und ihnen keine längeren Erholungspausen gönnen, dann ist das purer Egoismus.

Zu beißenden Pferden sollte man immer Abstand halten und ihnen keine Gelegenheit geben, zuzubeißen

Mein Pferd „knibbelt" und beißt

„Knibbeln" und beißen sind zwei völlig verschiedene Dinge.
So ein bißchen „Knibbeln" kann Zärtlichkeit bedeuten; oft erkunden junge Pferde auch Dinge, indem sie vorsichtig an ihnen herumknabbern – leider auch manchmal an einem Jackenärmel. Das darf man ihnen natürlich nicht durchgehen lassen. Es gibt Leute, die hauen solch einem Pferd richtig „eins aufs Maul". Das muß nicht sein, denn die „Knibbelei" ist ja nicht böse gemeint. Es reicht, wenn man den Kopf des Pferdes ruhig und bestimmt wegschiebt und deutlich und scharf „Nein!"

sagt. Nach einigen Malen haben die Pferde das meist begriffen; sonst muß man das „Nein!" leider doch mit einem Klaps unterstreichen. Aber bitte mit einem leichten Klaps, denn Schläge ins Gesicht sind eine sehr ernste Sache. Ihr solltet euch überlegen, wie es wäre, wenn euch jemand auf den Mund haut – unangenehm, nicht?

Man muß immer unterscheiden, warum die Pferde einen „beknibbeln": Ein Fohlen tut es, um einen Gegenstand (hier also den Menschen) kennenzulernen. Ihm zeigt man am besten gleich, daß es bitte nicht zu grob sein möchte, indem man seinen Kopf wegschiebt. Es kann aber auch sein, daß dieses „Knibbeln" Zärtlichkeit bedeutet, so wie sich Pferde untereinander das Fell pflegen. Das ist kein Beißen und tut auch nicht weh, denn sie massieren die Haut des anderen nur sanft mit den Zähnen.

Etwas völlig anderes ist das Schnappen und Beißen. Das tun junge „unverdorbene" Pferde fast nie, es sei denn, sie sehen im Menschen einen Spielpartner. Dann kann es schon mal sein, daß sie fest zuschnappen, denn Jungpferde sind nicht gerade zimperlich.

Ihr solltet euch hier nicht auf das Spiel „Beißt du mich – hau ich dich" einlassen, sondern versuchen, diese Spielereien zu unterbinden. Gebt dem jungen Pferd einfach keine Möglichkeit dazu: Führt es so, daß es nicht nach euch schnappen kann. Bindet es beim Putzen so an, daß es keine Chance hat, euch in den Arm oder den Hintern zu beißen. Seid einfach listiger und geht dem „Kampf" aus dem Weg! Bald wird das Pferd die Lust daran verlieren. Es sieht euch dann zwar vielleicht als Spielverderber an, aber es läßt euch in Ruhe.

Pferde, die sich zu jeder Jahreszeit draußen frei bewegen können, sind meist viel ausgeglichener als Stallpferde und haben weniger Anlaß zu beißen

Gefährlicher Hilferuf

Mit einem Pferd, das ernsthaft beißt, sollten allerdings nur sehr erfahrene Pferdeleute umgehen, denn ein Pferd ist durchaus in der Lage, dem Menschen durch einen Biß schwere Verletzungen zuzufügen.

Habt ihr in der Reitschule solch ein Pferd, so solltet ihr euch standhaft weigern, es zu führen, zu putzen, zu satteln oder zu reiten. Pferde, die ernsthaft beißen, wehren sich. Daß Pferde Fluchttiere sind und in den seltensten Fällen von sich aus angreifen, habt ihr schon erfahren. Nur wenn ein Pferd verzweifelt ist und keinen anderen Ausweg sieht, wird es aggressiv. Daran müßt ihr immer denken, wenn ihr mit Pferden umgeht.

Manche Schulpferde haben ihr trauriges Dasein derart satt, daß sie ihren Frust an jedem auslassen, den sie erreichen können. Man kann es ihnen nicht verdenken und sollte versuchen, ihre Situation zu ändern. Aber als Reitschüler solltet ihr solch einem Pferd aus dem Weg gehen.

Auch wenn euer Pflegepferd ernsthaft beißt, solltet ihr es lieber aufgeben anstatt zu versuchen, ihm das Beißen abzugewöhnen.

Mit Beißern sollte man Mitleid haben, denn von sich aus beißt kein gut behandeltes Pferd!

Was hier auf den ersten Blick wie Beißen aussieht, ist etwas ganz anderes: Linda Tellington-Jones, eine berühmte Pferdepsychologin, massiert einem Fohlen zärtlich das Zahnfleisch, und das Fohlen scheint es zu genießen

Mein Pferd koppt

Sicherlich habt ihr schon mal ein Pferd gesehen, das einen sogenannten Kopperriemen trug. Das ist ein Riemen, der sehr eng um den Hals befestigt wird. Unten ist eine Art Metallklammer eingelassen, die das Schlucken erschwert. Mit solch einem Riemen kann das Pferd also nicht fressen und nicht saufen. Er soll es am Koppen hindern.
Was ist aber nun Koppen?
Auch heute noch nennen manche Leute das Koppen eine „Untugend“, aber das ist verkehrt ausgedrückt: Koppen ist ein Hilferuf.

So sieht ein Kopperriemen aus, den man dem Pferd sehr eng um den Hals schnallt, damit es keine Luft mehr schlucken kann

Sehnsucht nach Körperkontakt

Pferde ertragen es nur schwer, eingeschlossen in einer Box zu stehen. Ihr wißt, daß sie zu ihrem Wohlbefinden die Gesellschaft von Artgenossen brauchen. Der Blickkontakt im Stall reicht dazu nicht aus. Jedes Pferd braucht wirklich den Körperkontakt mit anderen Pferden. Sie müssen sich zanken und zärtlich miteinander sein dürfen.

Wenn man sieht, wie nahe beieinander befreundete Pferde beispielsweise auf der Weide in der Mittagszeit dösen, oder wie sie sich geschickt so stellen, daß sie sich die Fliegen gegenseitig aus dem Gesicht wedeln, dann weiß man, daß es grausam ist, ein Pferd allein in eine Box zu sperren.
Deshalb halten auch immer mehr Pferdebesitzer ihre Pferde gemeinsam mit anderen in Offenställen mit Ausläufen, wo sie den wichtigen Kontakt miteinander haben können.

Sind die Pferde aber allein in ihren Boxen, so vereinsamen sie, und sie suchen einen Ausweg. Irgendwann einmal bemerken sie, daß die Boxenwand noch lange lecker schmeckt, wenn sie sie nach dem Fressen belecken. Dann tun sie das stundenlang. Der nächste Schritt ist, Luft zu schlucken: Das nennt man Koppen. Es versetzt die Pferde

Aus Einsamkeit beginnen manche Pferde, ihre Boxen zu benagen. Das führt zu einer Sucht: dem Koppen. Koppen ist immer ein Hilferuf und darf nie bestraft werden! Statt dessen muß man die Pferdehaltung ändern

in ein Wohlgefühl, das fast wie eine Trance ist – sie „treten weg". Man könnte es vergleichen mit einer Droge, die sie die Wirklichkeit vergessen läßt. Leider ist diese „Droge" wie alle Drogen nicht ungefährlich. Denn dadurch, daß das Pferd Luft schluckt, bilden sich Luftblasen im ganzen Bereich von Magen und Darm, und das führt zu schmerzhaften und manchmal sogar tödlichen Koliken.

Davor haben die Pferdebesitzer natürlich Angst – aber statt den Grund des Koppens, nämlich die Einsamkeit, abzustellen, legen sie dem Pferd einen Kopperriemen an. Jetzt ist das Pferd genauso einsam wie vorher, der Pferdebesitzer hat seinen Hilferuf nicht verstanden. Der Ausweg bestünde darin, das Pferd in die Gesellschaft anderer zu geben, selbst wenn man dann vielleicht ein bißchen weiter zu dem neuen Stall oder zu der Weide fahren muß, und selbst, wenn man dann vielleicht ein bißchen weniger reiten kann. Das Pferd wäre glücklicher!

Ein einsames Pferd in einer dunklen Box – aus Langeweile beginnt es zu koppen

Mein Pferd webt

Man nennt es „Weben", wenn ein Pferd stundenlang in der Box von einem Vorderbein auf das andere tritt – immer hin und her. Das sieht aus wie ein Weberschiffchen auf einem Webstuhl, daher kommt die Bezeichnung.

Auch das ist ein Hilferuf. Kinderärzte kennen das aus Kinderkliniken und aus Waisenhäusern: Wenn Babys sich ganz besonders verlassen fühlen, schwanken sie immer mit dem Kopf hin und her. Kleinkinder, die schon stehen können, stehen dann in ihren Gitterbettchen und „weben" genauso wie die Pferde in ihren Boxen, stundenlang. Durch diese schwankende Bewegung vergessen sie scheinbar ihre Umwelt, die ihnen zu einsam ist.

Unerträgliche Einsamkeit

Gegen das Weben hilft in der Box gar nichts. Es gab schon mal die verrückte Idee, die gegenüberliegende Wand mit schwarzen Längsstreifen zu bemalen. Man dachte, den Pferden würde schwindelig werden, wenn sie ständig darauf schauen müßten und dabei von einem Bein aufs andere träten! Aber das half auch nichts. Ein webendes Pferd wird in der Box sein Leben lang weben, und das bedeutet natürlich einen großen Verschleiß in den Knochen der Vorderbeine, die ständig seitwärts belastet werden, während die Belastung beim Laufen ja geradeaus geht.

Weber sind arme Pferde, die man für diese Verhaltensweise niemals bestrafen darf, denn

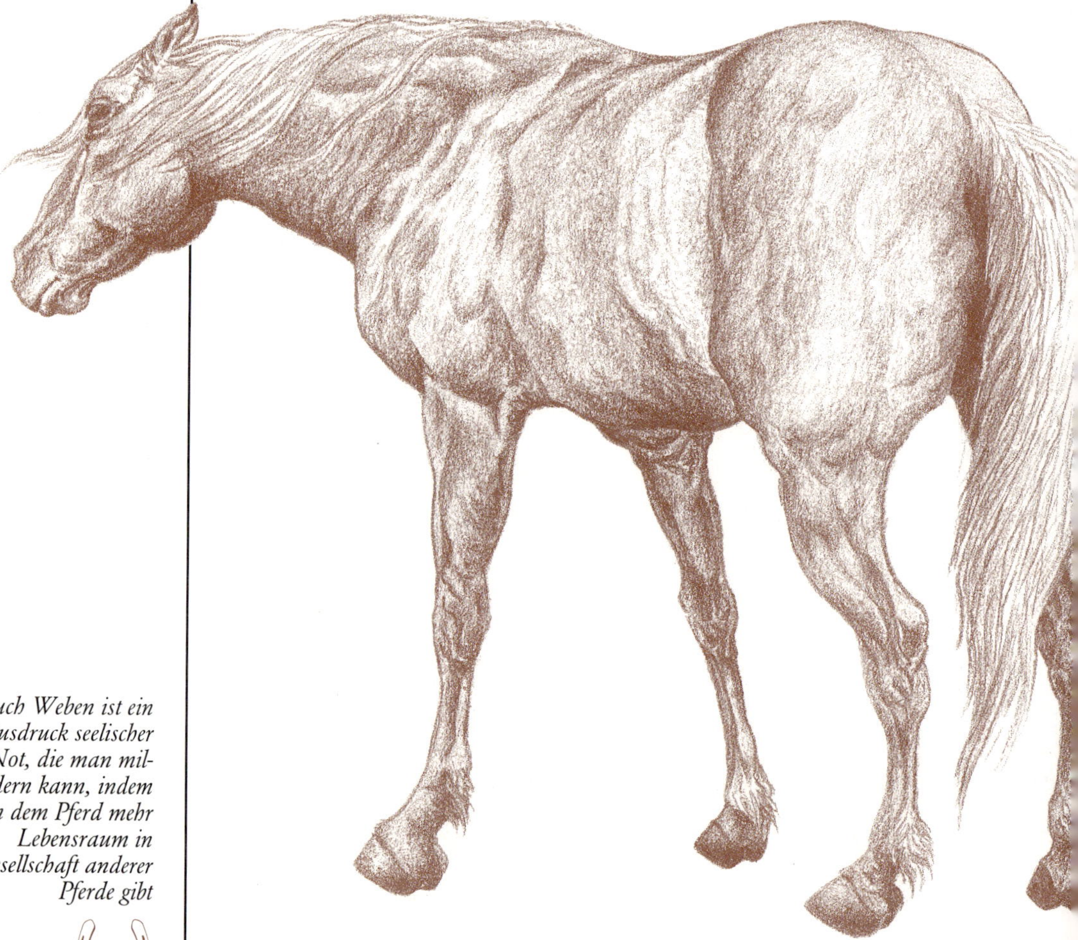

Auch Weben ist ein Ausdruck seelischer Not, die man mildern kann, indem man dem Pferd mehr Lebensraum in Gesellschaft anderer Pferde gibt

die Schuld dafür liegt beim Menschen. In der Natur gibt es solche „Untugenden“ nicht, denn dort langweilt sich kein Pferd stundenlang einsam in einem kleinen Raum, aus dem es oft nicht einmal herausschauen kann.

Pferde, die solche Hilferufe aussenden, sind oft besonders sensibel, und man sollte unbedingt versuchen, ihre Lebensumstände zu ändern und sie artgerecht in der Gemeinschaft anderer Pferde zu halten!

Glückliche Pferde: gemeinsam fressen sie aus einem großen Heutrog. Hier ist kein Pferd einsam

Schon zu zweit in einer großen Box fühlen sich Pferde wohler als allein in einem vergitterten Stall

Ein krankes Pferd auf der Weide – es ist dürr, sein Fell ist struppig

Das kranke Pferd

Wenn ihr ein Pferd sehr genau kennt, dann bemerkt ihr schon die ersten Krankheitszeichen: Es läßt den Kopf hängen, ist lustlos und frißt schlecht oder gar nicht. Wenn es länger krank ist, kommen noch andere Zeichen hinzu wie ein stumpfes Fell und ein apathischer Gesichtsausdruck. So weit sollte man es aber gar nicht kommen lassen.

Kranke Pferde brauchen Hilfe. Ihr solltet sofort den Tierarzt benachrichtigen, wenn ein Pferd sich grundlegend anders benimmt als sonst. Wenn er da war und eine bestimmte Behandlung verordnet hat, dann müßt ihr euch bitte genau daran halten. Soll das Pferd geführt werden, dann führt es; soll es Ruhe haben, dann laßt es bitte in Ruhe!

Wenn ihr mit dem kranken Pferd nicht sehr gut vertraut seid, solltet ihr es bei Krankheit weitgehend in Frieden lassen. Einem Pferd, das „seinen“ Menschen schon jahrelang kennt und täglich mit ihm Kontakt hat, hilft Streicheln sicherlich, wenn es behutsam und nicht aufdringlich geschieht. Einem fremden Pferd kann man damit meist nicht helfen.

Ruhe und Verständnis für den Patienten

Bei kranken Pferden müßt ihr noch mehr als sonst auf das kleinste Zeichen, auf die kleinste Regung achten: Ist dem Pferd das, was ich tue, angenehm oder unangenehm? Streichelt ihr ein krankes Pferd, und es will euch seinen Kopf entziehen, dann drängt ihm euer Mitgefühl nicht auf. Ihr kennt das ja vielleicht auch, wenn es euch mal schlecht geht: Ihr wollt nichts als in Ruhe gelassen werden und haßt übertriebene Fürsorge! Bei Pferden ist das nicht anders. Legt das kranke Pferd, das ihr streichelt, aber seinen Kopf schwer auf eure Schulter und schließt die Augen halb, so ist ihm euer Streicheln angenehm – dann könnt ihr ruhig weitermachen.

Bedürfnisse erkennen

Ein krankes Pferd braucht Liebe und Rücksicht. Beobachtet es genau – manchmal versteht ihr, was es möchte: ob es trinken möchte, ob es ihm angenehm ist, wenn ihr ein schmerzendes Bein kühlt oder ob es in Ruhe gelassen werden möchte. Und noch etwas: Zu fremden kranken Pferden darf man niemals in die Box gehen! Damit hilft man ihnen ganz sicher nicht!

So sieht das Schmerzgesicht der Pferde aus: tiefe angestrengte Falten über den Augen und eine verkrampfte Maulpartie

Worüber niemand gerne spricht

Auch Pferde müssen sterben – und es ist ganz schlimm und verantwortungslos, wenn der Besitzer sie einfach „weggibt" oder an den Metzger verkauft, wenn es soweit ist, und sich in ihrer letzten Stunde nicht mehr um sie kümmert.

Viele Pferdebesitzer sagen dann in jammerndem Ton: „Ich kann das nicht mit ansehen ...", und schauen einen mitleidheischend an, wenn sie die Klappe des Transporters schließen, in dem das Pferd zum Schlachthof fährt.

Ich kann mit ihnen kein Mitleid haben: Sie haben dieses Pferd ein Leben lang für sich arbeiten lassen und schicken es jetzt einfach ins Unbekannte.

Sicherlich habt ihr auch schon von den Schlachtpferdetransporten nach Frankreich oder Italien gehört. Aber ihr könnt euch bestimmt nicht vorstellen, *wie* grauenvoll diese Pferde in den engen Wagen beim tagelangen Transport leiden – zusammengepfercht mit Artgenossen, die sie nicht kennen! Wie sie dann auf den Schlachthöfen behandelt werden, möchte ich gar nicht erst schildern.

Das kann dem Pferd, das ihr liebt, auch passieren, wenn ihr es nicht bis zum Ende begleitet. Und was ist wohl schlim-

mer auszuhalten – der Gedanke, daß man sein Pferd in dieses Grauen geschickt hat, oder zuzusehen, wie es stirbt?
Viele Leute machen sich fürchterliche Vorstellungen davon, wie ein Pferd geschlachtet oder eingeschläfert wird. Dabei geht es ganz schnell!

Die Gewißheit des schnellen Todes

Wenn man ein Pferd auf dem Schlachthof angemeldet hat, braucht man nur solange zu warten, bis der Amtstierarzt da ist. Mit ihm kann man den Termin zuvor absprechen. Er muß sich das Pferd anschauen und zur Schlachtung freigeben. Das ist meist eine Sache von ein, zwei Minuten.
Alles weitere geht ganz schnell: Das Pferd wird in einen Raum geführt; manchmal darf es auch draußen bleiben. Dann kommt ein Mann mit einem Bolzenschußgerät. Das ist ein kleiner Apparat, der wie eine Taschenlampe aussieht, nicht größer. Den hält er dem Pferd an die Stirn und drückt ab – in Sekundenschnelle stürzt das Pferd zu Boden und ist tot. So schnell geht das. Wenn „sein" vertrauter Mensch dabei bleibt, hat das Pferd dabei überhaupt keine Angst – und so soll es ja sein, nicht?
Ähnlich ist es beim Einschläfern: Das Pferd bekommt eine sehr starke Narkosespritze in den Hals – wie vor einer Operation, nur stärker. Innerhalb von Sekunden ist es betäubt. Dann folgt die tödliche Spritze, die das Pferd schon gar nicht mehr spürt – es fällt mit einem Knall zu Boden.
Schön anzusehen ist beides nicht, das gebe ich zu. Doch es ist nicht so schlimm, wie viele Menschen es sich vorstellen. Ich habe eine tiefe Verachtung für Pferdebesitzer, die ihre „geliebten" Pferde in der letzten Stunde allein lassen, weil sie „es nicht sehen können".
Ich finde, es ist viel besser, „es" zu sehen und zu wissen, daß das geliebte Pferd nicht gelitten hat und keine Angst zu haben brauchte, als feige zu kneifen. Das ist schäbig und sehr unfair dem Pferd gegenüber. Wart ihr selbst oder war jemand, den ihr gut kennt, dabei, als euer Pferd starb, dann wißt ihr, daß ihm nichts Böses geschah, daß es niemand grob angefaßt oder ihm zum Schluß noch Angst gemacht hat. Dann könnt ihr euch mit gutem Gewissen auf ein anderes Pferd freuen, dem ihr eines Tages, wenn ihr die Trauer überwunden habt, wieder eure Liebe schenken könnt.

„Nie wieder werde ich ein Pferd so lieben ...“

Das dachte ich voller Trauer, als mein Pferd Rokko starb. Rokko war für mich das tollste Pferd auf der Welt: lieb und verschmust, schnell und geschickt wie eine Katze im Gelände, ausdauernd und springfreudig. Ich war mir ganz sicher, nie wieder ein Pferd so lieben zu können wie Rokko. Alle anderen Pferde, das wußte ich genau, würden nie an ihn heranreichen, keines würde so sein wie er.

Daß mir mein Nadir, den ich jetzt schon sehr lange habe, bereits nach einigen Tagen über den Weg laufen würde, konnte ich nicht ahnen.

Aber er lief mir über den Weg, und ich kaufte ihn. Zuerst habe ich ihn nicht so sehr geliebt, ich konnte Rokko nicht vergessen und verglich Nadir mit ihm.

Dabei kam Nadir meist nicht besonders gut weg – er ist nicht so schnell, hat nicht Rokkos katzenhafte Wendigkeit, nicht sein sprühendes Temperament. Dafür hat er ganz andere Eigenschaften wie beispielsweise ein unglaubliches Selbstbewußtsein, das Rokko überhaupt nicht hatte. Ich machte die Entdeckung, daß es phantastisch ist, solch ein selbstbewußtes Pferd zu haben.

Nadir geht auch begeistert Dressur, was Rokko nicht gern tat, und springt ruhig und überlegt, während Rokko wie eine Rakete über die Hindernisse ging!

Mit einem Wort: Nadir ist wirklich total anders als Rokko. Aber er ist jetzt das Pferd, das ich liebe, und ich kann mir ein Leben ohne ihn nicht vorstellen.

Kein Pferd ist wie das andere, und es stimmt schon, daß man „nie wieder ein Pferd so liebt“. Aber ihr werdet andere Pferde kennenlernen, die genauso liebenswert sind – jedes auf seine Art. Wenn ihr eines von ihnen ins Herz schließt, werdet ihr merken, daß ihr es ganz anders liebt als das Pferd, das ihr zuvor hattet. Nicht weniger oder mehr, sondern auf eine ganz andere Art.

Wichtig ist nur, daß ihr offen für das Wesen der Pferde seid, ihre Eigenarten erkennt und sie liebt.

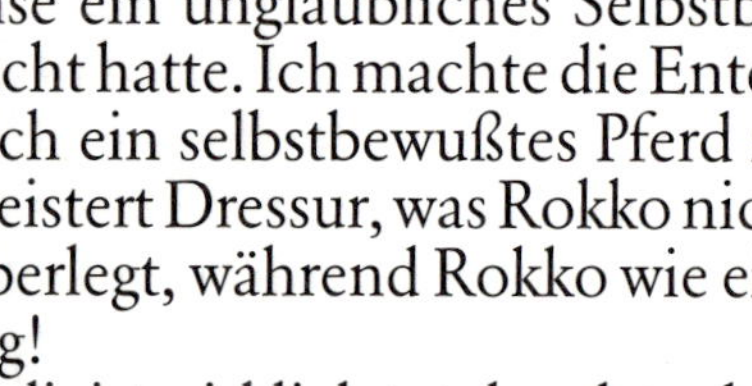

In diesen Buch habe ich viel über Pferde gelernt!

Marina Thiele

Über die Autorin:

Uta Over ist eine der bekanntesten Fachjournalistinnen der Pferdewelt. Sie hat mehrere Bücher veröffentlicht und schreibt in renommierten Pferdefachzeitschriften. Als Tierschützerin sind ihr artgerechte Haltung sowie liebevoller und verantwortungsbewußter Umgang mit Pferden besonders wichtig. Uta Over lebt mit ihren Tieren auf einem kleinen Hof in der Eifel.

Bildnachweis:

Pierre Burkhardt: S. 13 oben;
Gerri Delfan: S. 93, 98;
Werner Ernst: S. 6;
Irmgard Gies: S. 18 unten;
Christian Hertneck: S. 111, 112;
Lída Jahn-Míček: Vorsatz vorne, S. 100, 126, Vorsatz hinten;
Dieter Kemmather: S. 117, 121;
Guenter Kleinen: S. 24;
Sabine Küpper: S. 10, 85, 95;
Carola Nowak: S. 13 unten, 15, 26, 41 links, 45 unten, 57 oben;
Uta Over: S. 11, 14, 16, 18 oben und Mitte, 19, 20, 21, 22, 27, 29, 30, 31, 34, 35, 36, 38, 39, 40, 41 rechts, 43, 45 oben, 47, 56, 57 unten, 58, 59, 60, 63, 64 links oben und rechts unten, 65, 67, 68, 69, 71, 72, 73, 74, 75, 78, 79, 80, 81, 82, 83, 86, 87, 88, 89, 90, 91, 92, 93, 96, 99, 103, 105, 106, 107, 108, 109, 110, 113, 114, 115, 116, 118, 119, 123, 124, 129;
Gerlinde Schurr: S. 64 links unten;
Regina Steinhauer: S. 12, 33.

Sachbücher für Pferdefreunde

Das Abc des Reitenlernens – von der ersten Longenstunde bis zu einfachen Prüfungen und Wettbewerben. Ein Buch für die Praxis!

Alles über das Verhalten von Pferden, ihre Körpersprache und den richtigen Umgang mit ihnen. Der Schlüssel zum wahren Pferdeverständnis!

Ein Buch über die Entwicklung der verschiedenen Pferdetypen und die Beurteilung von Pferden. So lernt man Pferde besser kennen!

Alles rund ums Freizeitreiten – von der Ausrüstung über das richtige Verhalten im Gelände bis hin zu Reiterferien. Freizeitreiten – leicht und sicher!

Wie leben Pferde heute, wovon ernähren sie sich, welche Arbeit verrichten sie? Alles über ihr Leben und ihre Bedürfnisse. Unentbehrlich für engagierte Pferdefreunde!

Ein Buch über Ponyrassen in Europa, Verhaltensweisen und Bedürfnisse sowie Sport und Freizeit mit Ponys. Ein Muß für alle, die Ponys und Kleinpferde lieben!

SCHNEIDER BUCH